Patrick Pécherot

Tiuraï

Une enquête
du journaliste Thomas Mecker

Édition revue par l'auteur
Préface de Didier Daeninckx

Gallimard

Pres.
14/12/10

French
F
PEC
C!

Né en 1953 à Courbevoie, Patrick Pécherot a exercé plusieurs métiers avant de devenir journaliste. Il est notamment l'auteur de *Belleville-Barcelone* et des *Brouillards de la Butte* (Grand Prix de Littérature Policière 2002) et s'inscrit, comme Didier Daeninckx ou Jean Amila, dans la lignée de ces raconteurs engagés d'histoires nécessaires. *Tiuraï* est la première enquête du journaliste végétarien Thomas Mecker que l'on retrouve dans *Terminus nuit*. Tous les romans de Patrick Pécherot sont disponibles aux Éditions Gallimard.

Le jour du 14 Juillet...

Thomas Mecker, le journaliste localier imaginé par Patrick Pécherot, pourrait prendre place sans problème dans la cohorte des personnages qui peuplent les chansons de Georges Brassens, et rien ne lui conviendrait mieux que la compagnie du héros fatigué de La mauvaise réputation :

> Le jour du 14 Juillet
> Je reste dans mon lit douillet
> La musique qui marche au pas
> Cela ne me regarde pas...

D'ailleurs, le titre tahitien de ce premier roman, Tiuraï, se traduit par Fête Nationale même si le bouquet du feu d'artifice, au-dessus du lagon, prend une drôle de forme de champignon. Le fait d'avoir situé l'intrigue au moment des commémorations annuelles de l'acte républicain fondateur jette une curieuse lumière sur la manière dont, aux antipodes, se transcrivent les termes de liberté, d'égalité et de fraternité. Quand ce roman s'écrivait, le Centre d'expérimentations nucléaires allumait alors ses derniers feux, provoquant la colère des peuples îliens du Pacifique, depuis le Japon jusqu'à l'Australie. Quelque temps auparavant, de vrais agents secrets français déguisés en faux époux Thurenge procédaient au sabordage d'un navire d'observation de Greenpeace, dans un port néo-zélandais, tuant un photographe de presse. On est ici très loin du décor planté par Georges Simenon dans Touriste de bananes (1938) : « Il devait être à Papeete, mais il ne voyait ni ville, ni village. » Le mirage économique alimenté par la venue de scientifiques, de militaires parmi lesquels pas mal de légionnaires, de fonctionnaires a vidé les atolls. La promesse d'un avenir meilleur a attiré les piroguiers, les pêcheurs. Toute une population déracinée s'entasse maintenant dans les bidonvilles de tôle et d'isorel qui enserrent la capitale. En moins de dix minutes de voiture, on passe de la carte postale cocotière aux buildings du quartier d'affaires, pour finir sur les trottoirs de Calcutta, « la déglingue sous les bougainvillées », dixit Pécherot. Le déhanchement des vahinés, le sourire de Miss Tahiti, le soleil blanc de bout du monde éblouissent le regard des touristes : on peut tuer dans la coulisse. Les assassinats sans désignation de coupable font des taches microscopiques sur les confettis de l'Empire, et il aura fallu le renverse-

10

ment récent d'un autocrate, à l'hiver 2005, pour que l'enquête sur un journaliste tahitien étrangement disparu soit réactivée. Il ne s'appelait pas Thomas Mecker, comme dans Tiuraï, mais ce jeu de miroir avec la réalité ouvre des perspectives. Le roman de Pécherot est en effet dédié à la mémoire de Jean Amila, auteur d'une bonne vingtaine de romans à la Série Noire, précédés d'une demi-douzaine de titres dans la collection Blanche de Gallimard sous sa véritable identité : Jean Meckert. Le hasard a voulu qu'il disparaisse en mars 1995, alors qu'une France redoutable s'apprêtait à reprendre sa campagne d'essais souterrains. Un quart de siècle plus tôt, Jean Meckert s'était rendu à Papeete, pour se documenter en vue d'un film d'espionnage d'André Cayatte, un cinéaste qu'il avait déjà rencontré quand il avait novélisé deux de ses scénarios Nous sommes tous des assassins *ainsi que* Justice est faite. *Lors de l'une de nos rencontres, Jean Meckert me confia qu'il projetait déjà d'écrire un livre :* « Je suis allé là-bas avec un contrat des Presses de la Cité. Sur place, pas mal de choses m'ont déplu : la légion, les militaires, les fonctionnaires qui se servaient des Polynésiens comme de bêtes de somme. Le roman laissait entendre tout ça. Il y a eu des réactions, des coups de fil anonymes, des menaces. Et puis un soir, on m'a agressé. Je me suis retrouvé à l'hôpital Tenon. Coma de quinze heures. Quand j'ai refait surface, j'étais devenu épileptique et amnésique... Après l'agression dont j'ai été victime, je dormais douze à quinze heures par jour. Le reste du temps, j'étais hébété par le gardénal. Ça a duré des mois et des mois, au point que je ne voyais plus qu'une solution, me foutre en l'air. C'est ma sœur qui m'a sorti de là. Pendant des années, elle m'appelait au téléphone et m'obligeait à lui raconter les détails de ma journée. Grâce à ces conversations, à ses efforts, je me suis reformé une personnalité. Je lui dois une nouvelle vie. »

On n'a jamais été certains que les cogneurs se soient acharnés sur Jean Meckert-Amila à cause des lignes noires qu'il faisait courir sur le papier. On sait seulement que l'écrivain, contrairement à pas mal de ses collègues de l'époque, ne nouait pas d'amitiés excessives dans les « services » quand il décrivait les fonctionnaires chargés de veiller sur les vagissements de la Bombe : « Il est cuit de soleil, crâne rasé sous un chapeau de pandanus qui, vu de profil, lui donne un air de biberon coiffé de sa tétine. Il a la quarantaine du genre colonial imbibé, avec des yeux de bon siroteur, si pochés qu'on croirait des oreilles. » *Des phrases pareilles appellent la réplique de ceux qui se vivent en clones de James Bond !*

Les raclées, Jean Meckert connaissait, lui qui en 1942 avait titré son premier roman Les Coups, *un texte remarqué par Raymond Queneau et salué par André Gide. Le personnage principal* s'y prénommait Félix, et un autre Félix protège le Mecker qui, un demi-siècle plus tard, traverse le Tiuraï que vous tenez entre vos mains. Une façon de signaler une filiation, de souligner que la manière noire de dire le monde se situe hors des modes, et que pendant près de trente ans, dans un silence de plomb, un écrivain incarnait un genre indispensable. En croisant son univers romanesque avec celui de Jean Amila-Meckert, Patrick Pécherot ne paie pas une dette hypothétique, pas plus qu'il ne s'oblige à un quelconque hommage. Il fait davantage en plaçant ses pas dans les pas d'un compagnon, armé de cette seule ambition : prolonger les traces sur le sable, même si la mer les efface.

Didier Daeninckx

TIURAÏ

À Christiane, Lisa, Momaa et Manu.

En mémoire de Jean Amila.

*Nous marchons en ce monde
sur le toit de l'enfer
en regardant les fleurs.*

KOBAYASHI ISSA

Lundi 10 juillet.

Au moment de sortir, Terii s'arrêta, figé. Au bout du couloir sombre, une trouée lumineuse l'obligeait à froncer les paupières.

Malgré lui, il hésitait, la main cramponnée à la poignée en ficelle de sa valise. Le gardien le poussa doucement pour lui faire franchir le seuil qui le séparait de la liberté et referma la porte.

À l'aveuglement, succéda le bruit, légèrement décalé. Scooters, pick-up, passants... surtout les femmes. Leurs voix se détachèrent en premier du magma sonore.

Terii eut envie de faire marche arrière, de revenir dans le cocon protecteur de sa cellule. Il ne parvenait pas à pénétrer dans le film qui se projetait devant lui. Spectateur immobile, une paroi invisible le séparait des autres. La sueur inondait son front, son dos, ses jambes. Il fallait qu'il entre dans le cercle, qu'il marche... Rien de compliqué... Avancer puis se fondre, s'immerger dans la foule. Splaoutch ! Il avait plongé. Facile en somme. Il suffisait maintenant de suivre le courant, de se laisser porter.

Papeete était bourdonnante et poussiéreuse. Les fêtes approchaient. À une terrasse, il s'extirpa du flot pour siroter un Coca glacé. Il s'attarda à regarder la paille monter dans la bouteille sous la poussée gazeuse des bulles.

Ce n'est qu'à la fin du jour qu'il se dirigea vers le faré[1] de la famille. Calmée, la lumière découpait le relief des montagnes de ses reflets dorés. Le plein soleil, trop écrasant, n'était bon que pour la sieste. Le soir, Tahiti retrouvait sa grandeur nonchalante dans un parfum de sel et de vanille.

Sous son toit de tôle, la maison n'avait pas changé. C'est à peine si les murs d'Isorel étaient un peu plus délavés. Il grimpa l'escalier de bois et entra.

Pas de colliers de fleurs pour Terii. Son père dormait, affalé dans un fauteuil pisseux. La télé allumée teintait par intermittence la table encombrée et les boîtes de bière amoncelées.

Quand Terii vit Nestor, il sut qu'il n'était jamais sorti de prison. Son frère, étendu sur le lit, fixait le plafond d'un air absent. Liane inerte, petit légume oublié, muré depuis quinze ans dans son cachot intérieur.

1. Le mots tahitiens sont traduits en fin d'ouvrage, p. 173.

Pas revenir, Terii. Fallait courir, s'enfoncer dans la forêt, profond, profond, dans les clairières abandonnées, serrer les arbres à pirogues, les arbres aux racines d'ancêtres et les écouter murmurer les noms des anciens, depuis la nuit des temps. Toute la mémoire de l'île coulait là, sous l'écorce, dans la sève, le sang chaud des rois. Il fallait le boire, s'en peindre le visage, blanc coco signe de guerre, et chanter la fierté des Maoris.

Trop tard. Tahiti était abreuvée de bière et d'images cathodiques. La déglingue sous les bougainvillées. Et lui ne valait guère mieux. Petit délinquant, Terii. Pas bon l'école des Blancs. Pour quoi faire ? Ouvrir la porte des hôtels à touristes ? Servir au Club Soleil ? Balayer la zone dangereuse à Mororoa ?

En soulevant son frère, Terii ne put s'empêcher d'être surpris par sa légèreté d'oiseau. Il l'emporta sur la terrasse et le berça doucement en regardant l'horizon. Loin là-bas, derrière le rideau de brume bleue, somnolait l'atoll maudit où les poopas avaient apporté la bombe.

Pas de danger... Pas de danger ! Il savait lui, Terii, l'invisible rampant sous les flots, s'infiltrant dans le corail et les poissons, apporté par le bruit des vagues jusque sur la plage, jusque dans le ventre des femmes, jusque dans le cerveau de son frère oiseau, de son pauvre bébé liane.

Pas de danger...

Mercredi 12 juillet.

La pirogue tenait encore bien l'eau. Terii se souvenait quand son père l'avait taillée en lui montrant comment creuser le bois. Aujourd'hui, elle lui ramenait une cargaison de souvenirs. Trop longtemps cachés, ils ne demandaient qu'à sortir.

« J'ai cinq ans, ma maman elle s'appelle Maria et j'ai un ballon rouge... »

Photos mémoire, instantanés oubliés, koda-chromes jalons du temps assassin.

Terii passa la journée assis à l'ombre des pilotis, à regarder défiler les images sépia d'un bonheur tout bête. Si loin déjà.

Redevenir petit, petit, et ne savoir de l'inexorable que l'heure du goûter et celle des histoires... J'ai cinq ans...

Vendredi 14 juillet.

La plage éclatait de couleurs. Femmes en robes blanches, jeunes filles vêtues de paille, vieillards en chemisette à fleurs, danseurs en paréus. Chapeaux tressés et coiffes rouges de pandanus. Sur le sable, les pirogues attendaient de se lancer vers les croiseurs de la flotte.

En retrait, la tribune abritait les officiels : membres de l'Assemblée territoriale, représentants du Gouvernement, officiers de marine, ingénieurs du C.E.P. [1], soldats et vieux chefs coutumiers.

Concours de javelots, citronnade, orchestres typiques et fanfares militaires, *Marseillaise*...

Tiuraï !

Les pirogues filaient par centaines, pointes noires dans l'écume. Leurs balanciers giflaient la surface...

C'est à mi-chemin que les rameurs virent surgir Terii. À genoux, il accordait son souffle au rythme de sa pagaie. Allongé dans l'embarcation, Nestor ne sentait ni la chaleur du soleil, ni les gouttes salées qui aspergeaient son corps desséché.

Lorsqu'il arriva au milieu de la baie, Terii vira de bord et stoppa, barrant la mer. Debout, le cœur battant jusque dans ses tempes, il déplia une longue banderole « Tahiti libre, non à la bombe ».

Dans la tribune, les officiels s'étaient raidis. À l'humiliation d'un affront de mauvais goût se

1. Centre d'expérimentations du Pacifique.

mêlait la crainte d'une démonstration plus importante.

Terii tanguait lentement dans sa pirogue. Il se sentait gonflé d'une force invincible. Bras levés, il retrouvait la fierté de Tahiti née de la mer. Des royaumes engloutis remontaient les Dieux oubliés... Atuas des profondeurs, Matatinis des pêcheurs, Tikis des pierres et des chemins...

Terii ne vit pas venir le torpilleur qui se rangeait dans la parade. Les marins lui criaient de sortir du chenal, il ne les entendit pas.

Tupapau des montagnes bleues... Haéré-po...

Le navire broya la pirogue. Sous le choc, Terii crut que les esprits des grands fonds se réveillaient. Sa tête heurta la coque immense et il coula à pic.

Nestor flotta quelques instants à la surface, comme une fleur jetée en signe d'adieu. Bras et jambes écartés, il descendit en tournoyant. Son paréu fut longtemps visible, tache rouge dans l'océan, puis se dilua dans l'immensité.

Samedi 15 juillet.

Attablé sur le balcon, je buvais mon thé matinal. La journée s'annonçait lourde et moite, une de plus. Depuis mon arrivée en Polynésie, l'incident de la fête nationale était bien le seul événement imprévu que j'avais couvert. Le résultat était à la hauteur de la vie locale : douze lignes en première page. J'avais réussi à accrocher le lecteur sans troubler la une consacrée aux festivités de la veille. Informer sans déranger ? Aucun problème : je laissais l'endroit aussi propre que je l'avais trouvé. Il faisait trop chaud pour s'agiter.

Décidément, je n'aimais pas vraiment Tahiti. Que pouvait-on faire dans ce paradis kitsch aux couleurs Ripolin, à part compter les heures et transpirer ?

J'avais déniché ce boulot aux *Nouvelles Dépêches*, chassé de Paris par une langueur diffuse.

Un décalage persistant entre le monde et moi m'obligeait à clore des chapitres de ma vie, comme s'il s'agissait d'histoires achevées. Ces ruptures silencieuses m'attiraient comme des plongeons dans un néant où il ferait bon flotter. Névrose mélancolique avaient diagnostiqué les médecins. Cette fois, le saut avait été réussi. Dans une succession de journées identiques, Clochemerle somnolait sous les cocotiers. Loin de tout, rien n'y avait d'importance que l'infiniment petit. Et dans le genre petit, les *Dépêches* excellaient. À l'échelle de l'océan, un goûter à la Préfecture y prenait autant d'importance qu'un sommet de l'Onu. Après tout, les résolutions ressemblaient aux petits fours. Elles se comptaient au kilo sans donner d'indigestion à ceux qui s'en goinfraient.

Écrasé par le technicolor des plus beaux paysages du monde, je m'ennuyais presque délicieusement, fasciné par l'hébétude où je m'enfonçais. Je n'avais aucune raison de faire des ronds dans l'océan pour exhumer Terii et son petit frère.

À la loterie quotidienne des missions exaltantes, j'avais tiré le gros lot. Un nouveau contingent de touristes débarquait au Club Soleil, les *Dépêches* ne pouvaient pas manquer l'événement. Je me mis en route pour le prix Pulitzer.

Le village du Club alignait ses bâtiments face à un océan qui passait du vert au bleu dans une nuance que les fabricants d'encre à stylo avaient judicieusement baptisée « Mer du Sud ». Une grosse construction du genre Marina-pieds-dans-l'eau évoquait bizarrement la silhouette d'un temple aztèque version Cecil B. de Mille. Un grand maraé de ciment servait d'accueil et de lieu d'animation. Derrière, une rangée de pavillons alignait ses toits noirs dans une répétition géométrique de pentes et de faîtes. L'ensemble hésitait entre l'usine et le hangar à bateaux. Pour parachever le tableau, le rectangle javellisé d'une piscine à remous chauffait au soleil, à quelques mètres du lagon.

Tout était en place pour accueillir les arrivants, pris en charge dès leur descente d'avion. Les sourires et la joie de vivre avaient été livrés aux premières heures du jour. Des haut-parleurs lâchement dissimulés dans les cocotiers déversaient une musique molle tout droit sortie de *l'Idole d'Acapulco*. Un bataillon de vahinés en costume traditionnel attendait le signal pour entrer en action. Dès qu'apparut le capot du premier véhicule, la *silly symphony* s'anima.

Hanches ondulantes, les danseuses s'avancèrent en ligne, leur paréu en fibres de palme tressautant sous les mouvements du tamuré. Les vacanciers en chemise de surfer, caméscope en batterie, attendaient les colliers de fleurs. Maéva ! Ils ne furent pas déçus. Aussi enrubannés que des sapins de Noël, on les conduisit vers de longues tables blanches où les attendaient les rafraîchissements. Cocktail Soleil, cocktail Tahiti, Blue Lagoon, les alcools douceâtres se mêlaient au jus des fruits sucrés qui leur étaient offerts dans de larges paniers tressés. Le gentil responsable présenta les gentils membres de l'équipe dans un gentil discours où l'humour Soleil saillait à chaque phrase. Les arrivants, ravis, rêvaient à leurs vacances au paradis. Je m'éclipsai, les laissant visiter le village. Tandis qu'ils s'éloignaient, les vahinés filaient se changer en finissant les cocktails.

Bienvenue à Connard Land.

Je fis un saut au journal, histoire de livrer quelques lignes dont la platitude égalait l'hypocrisie. À l'heure consacrée, je rentrai chez moi. Je passai la soirée entre la douche et le lit en songeant à un haïku de Buson :

> *Les journées lentes s'accumulent*
> *autrefois*
> *est si loin.*

L'orage n'éclatait pas.

Dimanche 16 juillet.

De l'électricité flottait dans les couloirs de Nuutania, la prison de l'île. Chacun connaissait les effets de ces journées pesantes où tout paraît brûlant. Cette fois, pourtant, la tension n'était pas due à l'air étouffant.

Depuis le matin, les regards s'évitaient. Les longs silences se hachaient de plaisanteries appuyées. Une activité trop appliquée régnait dans les ateliers. Rien n'était tout à fait comme à l'habitude.

Après la promenade du soir, les gardiens prirent conscience avec inquiétude de leur infériorité numérique. Trop tard. Les détenus refusaient de regagner leurs cellules.

— Salauds, ils ont tué Terii !

— On ne rentrera pas, écartez-vous, on va monter sur les toits !

Les surveillants s'étaient regroupés avec d'infinies précautions. Si le fil qui les reliait encore aux prisonniers se brisait, tout pouvait basculer.

— Calmez-vous, les gars. Tout le monde l'aimait bien Terii. Faire des conneries ne le fera pas revenir.

— Sur les toits ! Sur les toits !

La sirène retentit, la mutinerie commença. Bousculant leurs geôliers, les détenus se ruèrent vers le réfectoire. Ils n'avaient pas de plan. Ils voulaient juste ne plus tourner en rond, ne plus être sages... Libérer les cris murés dans les poitrines, dans les têtes, casser tout...

Les toits ! Les toits !

Au milieu de l'escalier ils tombèrent nez à nez avec la ronde de l'étage supérieur.

— Faites pas chier, les matons !

Dans la cohue, nul ne sut vraiment qui avait donné le premier coup de tabouret. Maurice, un vieux gardien sur le retour, s'écroula, le crâne ouvert. Ses compagnons reculaient en se protégeant.

Dehors, l'orage creva enfin. Trop tard, trop chaud.

Le téléphone me sortit de mon premier sommeil.

— Ça chauffe à Nuutania, en piste...

Le bruit de la pluie sur les feuilles des arbres à pain acheva de me réveiller.

— On y va.

En sautant dans ma voiture, je respirai à pleins poumons l'odeur de terre humide qui montait de la forêt. Sur le pare-brise, de grosses gouttes s'écrasaient que les essuie-glaces avaient à peine besoin de chasser. Flocflocflocflocfloc, claquettes sur le toit. Dans les virages, les roues vidaient l'eau des flaques avec un son rafraîchissant.

Quand j'arrivai devant la prison, la pluie d'orage s'était changée en un rideau serré. Les projecteurs de la police le traversaient pour peindre les hauts murs en blanc scintillant. Sur le toit, des faisceaux de lumière zébraient les tuiles luisantes. Une vingtaine de mutins en équilibre avaient accroché leurs messages sur des draps : « Terii vengeance », « Tahiti libre, non à la bombe ».

Les banderoles me ramenaient à l'incident du 14 Juillet.

— On sait ce qui s'est passé ? demandai-je en exhibant ma carte de presse.

— C'est parti d'un seul coup. Un gardien a réussi à sortir. Dedans c'est moche. Un mort et un bordel monstre. Personne ne sait ce qu'ils veulent.

— Et les slogans ?

— Sûrement venus après, il n'y a pas de politiques ici, que des droits communs.

Autour de nous, les voitures de presse attendaient dans le crachouillis des C.B. Les thermos circulaient apportant leur ration de lavasse chaude.

L'humidité imprégnait jusqu'aux fourgons de gendarmerie. Il y flottait un fumet de potage rance où surnageait un mélange de cuir bouilli, de tissu imbibé et de corps arraché trop tôt à la tiédeur du lit.

Pour la forme, un gradé au mégaphone tentait de faire passer un message auquel il ne croyait pas. Le micro, à sa bouche, amplifiait les éclaboussures de flotte et de salive qui jaillissaient autour de sa main. Sa chanson semblait sortir d'un vieux microsillon. Il l'interrompit dans un larsen.

— Merde, qu'est-ce que c'est que ce cirque ?

Sur le toit glissant, les sunlights éclairaient un drôle de spectacle. Un homme venait d'être amené, les mains attachées derrière le dos. Debout, une hache sur l'épaule, un mutin hurlait :

— Lui, légionnaire... poopa. On va le tuer... Terii vengeance.

En bas, chacun s'était figé. Pendant quelques secondes, seul le clapotis de la pluie fut perceptible.

Le commissaire et le chef du groupe d'intervention s'entretenaient à voix basse. Sur un signe de la main, un tireur d'élite prit position en appui sur le capot mouillé d'un 4 × 4. En réglant la lunette de son arme il put distinguer le légionnaire à genoux, tête baissée, immobile. L'homme à la hache prenait son élan. Le viseur du fusil dessina une croix orange sur la chemise trempée du mutin. Le coup de feu claqua. Gros plan sur la tache de sang délavée par la pluie, et la lunette se couvrit de buée. S'éjectant des camions dans des mares de boue, les forces de l'ordre donnèrent l'assaut.

Bref et intense, dira le rapport. Portes défoncées, charges dans le vacarme des tirs tendus, la fumée des lacrymos et les cris des détenus.

Une deux, une deux. Les rangers tambourinaient les escaliers. La colonne grimpait vers les toits, laissant à chaque étage un contingent suffisant pour mater la rébellion.

23 h 55, tout rentrait dans l'ordre. On avait rassemblé les détenus dans la cour centrale que les projecteurs d'enceinte éclairaient violemment. Sous le déluge, des cordons de gendarmes armés de fusils automatiques formaient un carré autour des hommes résignés qui répondaient à l'appel de leur nom.

Dans son bureau, le directeur, les traits tirés, s'entretenait avec un colonel. On frappa à la porte. Un gardien trempé, la visière de sa casquette formant gouttière, s'encadra dans l'embrasure et murmura d'une voix blanche :

— Il en manque trois.

Lundi 17 juillet.

En dictant mon papier au journal, je n'avais pu me défaire d'un sentiment d'inachevé. J'avais décrit la nuit de folie, la mort et l'orage, mais il manquait quelque chose.

Cette insatisfaction me poursuivit tout au long de la journée, dérangeant mes moindres habitudes. Elle ne me quitta que lorsque j'en compris la raison. Le Tiuraï tragique et la mutinerie avaient un air de famille. En quelques jours, deux événements sanglants avaient secoué le ronron de Tahiti. J'appelai le directeur de la prison.

— Monsieur Leclerc ? Thomas Mecker des *Dépêches*, puis-je passer dans la journée ?

— Cela sera malheureusement impossible avant la fin de la semaine. La gendarmerie en a encore pour plusieurs jours d'interrogatoires et...

— D'interrogatoires ?

— Oui, après le drame que nous avons vécu, l'enquête doit se poursuivre. Rappelez-moi jeudi ou vendredi, nous conviendrons d'un rendez-vous.

Vendredi, pourquoi pas ? Je tournais autour du problème sans arriver à le cerner. Il fallait se secouer, impossible d'enquêter sur du vide. Enquêter ? Non. Juste échapper quelques jours à la quinzaine commerciale et à l'élection de Miss Tahiti.

En sortant, je n'avais toujours rien décidé. Rouler, voir si l'inspiration entrerait par les fenêtres ouvertes de la voiture.

— Je suis une idée, je peux m'asseoir un moment ?

Rien, rien, rien. Je pouvais continuer jusqu'à vider le réservoir, il n'en sortirait rien d'autre que des gaz d'échappement.

C'est presque par hasard que j'abordai Papara. Je rangeai ma voiture le long du trottoir. Les villas blanches blotties sous les flamboyants avaient cédé la place à un habitat beaucoup moins luxueux. En quelques minutes, j'avais quitté Beverly Hills pour Calcutta. Des bicoques de bois au toit d'Isorel gondolé s'alignaient, le dos au trafic. Tournées vers le lagon, sur leurs pilotis fatigués, elles ressemblaient à de gros échassiers déplumés, absorbés dans la contemplation de l'horizon. Sur les milliers de coquilles vides qui jonchaient le rivage, s'entassaient des rouleaux de grillage, des cageots délavés et des nasses à poissons blanchies par l'eau de mer. Je n'aurais pas aimé m'aventurer dans les embarcations qui traînaient sur la grève. Elles n'avaient pourtant pas l'air d'affoler les enfants déguenillés qui jouaient près d'elles. À travers un champ miné par des tessons de bouteilles et des lambeaux de filets, je dirigeai mes pas vers le faré de Térii. Sur le perron, dans un fauteuil à bascule bancal, le père du jeune homme fumait en silence. Son T-shirt taché ne parvenait pas à atteindre la ceinture de son jean, gêné par l'obstacle impressionnant de l'estomac.

— Monsieur Maaru ? J'étais présent le jour où votre fils... Je travaille aux *Dépêches*. Pouvez-vous m'accorder quelques instants ?

L'élocution du Tahitien était aussi lourde que

ses paupières. Les boîtes de bière jonchaient le sol.

— Les *Dépêches* ?... Et qu'est-ce qu'elles lui veulent à Terii les *Dépêches* ? Vous en avez déjà parlé... Foutez-lui... la paix maintenant. C'était bon garçon Terii, bon garçon.

— Je sais, monsieur Maaru, et...

— Rien, vous... savez rien ! Mes fils sont morts et vous... vous voulez écrire des conneries dans le journal ?

— Je voudrais comprendre. Ceux de Nuutania aussi aimaient bien votre fils... Et... Nestor ?

— Nestor ? La bombe lui a mangé le cerveau ! Pourri le sang de sa mère, déché... desséché ses cheveux... ses cheveux, ils tombaient par poignées. Le cancer ! Le cancer c'est la bombe... On... on sait ça... chez... nous. Mais vous, vous venez, vous partez, vous voyez rien, vous di... ites rien ! Allez-vous-en, foutez le camp !

La goupille de la boîte de bière claqua sèchement, libérant quelques bulles dans un soupir d'adieu.

Mardi 18 juillet.

Six heures. Avec lenteur, un halo bleuté s'échappait de la théière dans le matin presque frais. À ce moment précis, Tahiti était fragile comme ces gouttelettes tremblantes que la condensation faisait naître sur le couvercle de porcelaine. À travers le léger brouillard du thé, mon regard dérivait sur la plage au sable encore lourd de rosée. Les courbes de la grève se lovaient dans la respiration de l'océan. Souffle profond, cheveux d'écume ébouriffés, calme réveil.

Tout à l'heure, Tahiti retournerait à ses couleurs criardes mais pour quelques instants encore, elle ressemblait à l'éternité. J'avalais de petites gorgées de thé chaud. Je reposai ma tasse et descendis sur le rivage. Je m'assis en tailleur, fixai un point lumineux à la surface des flots et me perdis dans le vide.

Lorsque j'en sortis, je flottais au-dessus des choses et de leur apparence. Je souriai en pensant au moine lévitant dans *Tintin au Tibet*. Et moi, que pouvais-je bien chercher ? Pas de Tchang à retrouver, juste deux silhouettes entrevues avant qu'elles ne disparaissent dans le bleu liquide. Pourquoi ramener à la surface deux petites bulles rondes en suspension dans l'immensité silencieuse ?

Mes pas me conduisirent au marché. Les taches rouges et vertes des pastèques se mêlaient au blanc des cocos en quartier. Sur les étals, des homards glissaient lentement, pinces attachées, dans un amoncellement obscène. La chair humide des poissons se gorgeait de soleil. Des

Tahitiens plutôt gras entassaient des casiers et des cageots de légumes déjà chauds. Je m'installais chez Ching pour regarder arriver les mamas rebondies et les jeunes femmes statues. C'était comme le second mouvement d'une ouverture. Bientôt la partition m'échapperait, mais ces quelques minutes étaient aussi précieuses que la fraîcheur de l'eau ou la pureté d'un fruit.

— Alors patron, on rêve ?

La voix chantante de Ching me ramena sur terre.

— Qui saura comment c'était avant ?

— Avant quoi ?

— Rien. Dis donc tu connaissais Terii Maaru ?

— Le gars qui a foutu bordel ? Bien sûr, tout le monde vient chez Ching les jours de marché. Pas méchant Terii, mais toujours pression, comme ma bière, fallait pas secouer. Demande à Félix, patron maison culture. Il connaît bien, lui.

Je commandai un thé glacé et le bus en rêvassant.

J'étais encore sur coussin d'air, la brise qui effleurait les vanilliers me transporta aisément jusqu'à la Maison des Jeunes. On y installait une exposition consacrée au tatouage traditionnel dans la société maorie. Deux jeunes filles en jean et maillot à fleurs assemblaient des panneaux de bois d'où montait une odeur de menuiserie. Élancé, les cheveux retenus par un catogan,

Félix accepta de me recevoir. Il m'entraîna vers la cafétéria pour fuir le bruit des coups de marteaux. La pièce était claire et ses larges baies s'ouvraient sur un parc. Un petit théâtre de verdure donnait l'irrésistible envie de jouer à l'étudiant nonchalant.

— Oui, j'ai bien connu Terii, me dit Félix d'une voix voilée par le tabac. C'était un garçon sympathique. Il venait de temps en temps à l'atelier photo. Pas assez régulièrement pour s'y insérer complètement, mais ça l'intéressait. Dommage qu'il ait fait une ou deux bêtises.

— De quel genre ?

— Oh, rien de bien méchant, des petits larcins. Vous savez, les Tahitiens n'ont jamais eu un sens aigu de la propriété. Ce qui m'appartient est à toi, et inversement. Ça coince un peu avec les tentations auxquelles il est difficile de résister. Alors, il est fréquent qu'un jeune plonge pour une radio volée ou une voiture empruntée. Il n'y a pas de travail ici et la population de l'île est très jeune. Terii a fait comme beaucoup, c'est périlleux d'être sur le fil. Mais que faire ici, où aller ? Tahiti a connu en vingt-cinq ans des bouleversements dont on ne sort pas indemne.

— Des bouleversements ?

— La vie y était communautaire, conviviale. Lorsque le C.E.P est arrivé, tout a explosé. On attendait cinq cents personnes, il en est venu quinze mille. Papeete a grossi, les atolls se sont

39

vidés. Tout le monde est venu se brûler les ailes aux lumières de la ville. Aujourd'hui, Tahiti vit des subventions versées pour le C.E.P. et les Polynésiens sont un peu vos Indiens... Certains pensent même qu'ils sont vos cobayes.

— Ouh là ! Dites, et votre M.J., elle n'est pas un peu sous subventions, elle-même ?

Félix sourit.

— Je sais, je manque un peu de recul. Mais Moruroa n'est pas un lieu de villégiature. Secret défense ! Tabou ! Ce n'est pas pour rien que vous avez hérité ce mot de notre langue. Ici, rien ne transparaît que les sourires officiels et les déclarations rassurantes des ministres qui se succèdent. Ils sont tous venus prendre un bain dans le lagon pour prouver qu'il n'y a aucun danger. Comment voulez-vous que ce silence étouffant ne donne pas naissance à toutes les rumeurs ? Vous êtes ici depuis peu monsieur Mecker, observez, apprenez par vous-même. Vous verrez que Tahiti n'est pas seulement ce qu'en disent vos *Dépêches*.

En sortant, je pris le boulevard Pomaré. Les buildings de verre et d'acier étincelaient sous le soleil. Des fast-food faisaient le plein de gros enfants et d'hommes enrobés. Les enseignes marquaient de leurs néons éteints l'à-plat bleu du ciel : Sony, Panasonic, Société Générale...

Dans le bruit des klaxons, les pneus collaient

sur l'asphalte. Les vapeurs d'essence tremblotaient aux feux rouges.

Des cadres en costumes légers passaient et repassaient, bronzés, devant des grappes de jeunes gens posées là par hasard. Aux terrasses, on servait de la Tsing-Tao et de la bière tahitienne dont les boîtes disputaient les poubelles aux emballages des hamburgers.

Le discours militant de Félix m'avait agacé mais l'impression d'inachevé ne me quittait pas. Elle était capable de me gâcher la vie. Je décidai de compulser la palpitante collection des *Dépêches*.

Pendant tout l'après-midi, je fouillai les archives. Le résultat était affligeant. La presse locale est rarement folichonne. À Tahiti elle était désespérante. Exception faite des infos internationales et des articles consacrés aux aventures familiales de la politique polynésienne, les pages laborieusement rédigées oscillaient entre la carte postale défraîchie et le prospectus d'un autre âge.

Depuis six mois que je travaillais au journal, je ne l'avais jamais trouvé aussi soporifique. Je désespérais de retenir mes paupières quand je tombai sur une dépêche relatant, en style télégraphique, un incident survenu au Centre d'expérimentation.

« 12 février. Une charge reste coincée et explose au milieu d'un puits. Un technicien trouve la mort. Une enquête est ordonnée pour déterminer les causes exactes de ce tragique accident et faire en sorte qu'il ne puisse se reproduire. La direction du C.E.P. rappelle que toutes les précautions ont été prises et que les installations sont régulièrement vérifiées. »

Dans les numéros suivants, militaires et scientifiques se répandaient en propos convenus avec une insistance pénible.

— Qu'est-ce que tu fous ? On te cherche partout...

La voix de Serge sonna comme un réveil après une nuit très courte. Je sursautai.

— Tu tombes bien toi. On a des trucs en rayon sur les essais nucléaires ?

— Bien sûr, on a couvert toutes les commissions...

— Non, je pensais à autre chose, des éléments un peu moins officiels.

— Pourquoi, tu veux jouer aux écolos ?

— Dis donc, les commissions, vous les couvrez ici ou vous les faites ?

— Hé, on se calme. Tiens, pour te mettre de bonne humeur, tu as droit au concert Michel Francil demain soir au Club. Interview, la star loin du stress, son vrai visage, etc. Tu vois le genre ?

— Le genre bien con.

— Ouh ! C'est pas ton jour ! En tout cas, n'oublie pas Francil.

Serge parti, je m'approchai de la fenêtre. Isolé

du bruit extérieur, je contemplai le film muet d'une ville tournant en rond. Pouvait-il en être autrement dans une île ?

Jeudi 20 juillet.

Dès que l'heure fut celle où un coup de téléphone matinal n'aurait pas même dérangé un fonctionnaire de l'administration pénitentiaire, j'appelai le directeur de Nuutania.

— Vous allez bien ? Comme convenu, je vous recontacte au sujet de la mutinerie. Pouvons-nous nous rencontrer demain dans la journée ?

Le directeur paraissait lointain, mais la liaison n'était peut-être pas bonne.

— Cela me semble difficile...

Silence. Si le maton chef comptait que je l'interrompe pour lui donner le temps de réfléchir, c'était raté.

— Je ne peux pas vous recevoir actuellement.

— Je comprends, disons la semaine prochaine alors ?

— Écoutez, ici l'enquête se poursuit. Je prendrai contact avec vous dès qu'elle sera terminée et...

— Attendez, vous voulez dire que la gendarmerie est toujours à Nuutania ? Que se passe-t-il chez vous monsieur le Directeur ?

— Vous ne semblez pas réaliser la gravité des événements qui se sont déroulés ici, il y a seulement quatre jours. Lorsque les autorités compétentes auront pris le temps de faire toute la lumière je vous rappellerai.

Super gardien avait retrouvé son assurance.

Échec du matin, chagrin.

Finalement, le récital Francil me permettrait peut-être d'en savoir un peu plus. Les personnalités du coin ne pouvaient pas rater ça. Alors, avec un peu de chance...

Corvée du soir, espoir.

En attendant, descendre se baigner était certainement la meilleure chose à faire. Plus tard, il serait toujours temps de passer aux *Dépêches* m'imprégner de la passionnante biographie de la vedette tant attendue.

Je descendis sur la plage et entrai dans l'eau comme si je me dissolvais lentement. D'abord les pieds, puis les mollets, les cuisses. La surface marine séparait mes jambes en deux parties dont l'une était légère et douce, frôlée par les ondulations de l'océan. La taille, les bras, la poitrine passèrent à leur tour dans le miroir liquide qui effleura mon cou.

La tête posée sur les flots, à quoi ressemblais-je, vu de la terre ? À une anémone humaine rêvant entre deux mondes ? Un noyé remontant d'anciennes sargasses ? Ou à une tête de veau sur un plateau luisant ? Je choisis de ne ressembler à rien. Je me projetai en l'air d'une brusque détente et plongeai jusqu'à toucher le fond. Mes mains s'enfouirent dans le sable, étranges créatures des profondeurs, et je restai ainsi, cramponné au sol, le corps attiré par la surface, les yeux ouverts sur le bleu sans fin des mystères à l'envers.

Vers 20 heures, le vaste hall du Club Soleil baignait dans un mélange d'odeurs capiteuses où dominait l'épaisseur du sucré. Parfums cannelle-vanille, senteurs presque grasses du monoï, effluves des cocktails acidulés. Comme un dessert exotique, cette savante pâtisserie des îles provoquait un écœurement obsédant.

Le brouhaha épousait les contours de la pièce comme un mur sonore tout à fait capable de remplacer les vrais. Peu à peu, les verres se vidant, la salle de spectacle se remplissait. Lorsque ce mécanisme de vases communicants eut pleinement fonctionné, un bellâtre incolore annonça la vedette. Sous les applaudissements, l'orchestre entama « Permets-moi de t'aimer » et Michel Francil fit sa sempiternelle entrée. Faussement surpris, il s'arrêta pour recevoir les colliers de fleurs des vahinés de service.

« Ia orana Tahiti ! » Francil avait dû tomber dans la marmite de sirop quand il était petit, il dégoulinait, grosse confiserie blanche et scintillante. Sa démarche qu'il voulait féline lui donnait l'aspect d'une gelée tremblotante. La soirée s'annonçait bien.

Au troisième morceau, aussi original que la bande sans fin d'un ascenseur, je me laissai aller à la somnolence. Dans cet océan de chantilly, mes mouvements devenaient pénibles. Ils faisaient sourdre sous mes pieds un coulis douceâtre dont le sol spongieux était imprégné. Je m'enfonçais dans une fange collante qui me paralysait peu à peu. Foutu... Je ne remonterais plus, noyé, disparu, englouti dans un banana split monstrueux. Les artères gelées par la froide brûlure de la glace au lait, je sentais avec terreur le niveau de la crème emplir ma bouche et mes narines, s'insinuer dans mes poumons comme une marée montante. Je secouai violemment la tête, les oreilles pleines d'un caramel gras...

— Bravo, bravo !

Je sortis du sommeil sous les ovations qui saluaient la fin du Francil show.

Sur un tapis de murmures parfumés, les invités prenaient le chemin des jardins où les attendait un buffet géant.

En smoking blanc et robe du soir, des petits insectes s'activaient vers la pitance en multipliant les efforts. Côté efforts, le bousier le plus laborieux, la fourmi la plus émérite pouvaient toujours en déployer, ils ne parviendraient pas à égaler l'humain déchaîné. Le vernis avait craqué, libérant la bête en blazer, la furie en lamé.

Curée, hallali, corps à corps. Au milieu de la meute, le directeur de la prison s'empiffrait avec la voracité d'un détenu sorti du mitard. Avec des risques calculés et un peu de chance il devait être possible de l'approcher. Au moment précis où j'entrais dans la ruche, une détonation domina le bourdonnement ambiant. Le directeur se tassa en regardant son assiette d'un œil aussi vif que celui du poisson qui y macérait. Le cocktail qu'il venait de renverser sur sa veste blanche s'élargit en une tache rose virant au rouge sang. Il resta debout quelques instants, maintenu par la densité de la foule, puis glissa à genoux avant de tomber, le visage contre le sol.

Cris et chuchotement, surtout cris.

Dans une bizarre course à l'envers, les convives se pressaient à reculons, poussant désespérément derrière eux le vide et leurs pareils.

Seul, allongé, un peu tordu dans son smoking inutile, le cadavre avait pris une distance définitive avec la situation. Je ne pus m'empêcher de penser à un jouet abandonné. La fin de la fête sonnait triste. Une balle une seule, bien vue, bien placée, pas ratée.

Un hurlement fit exploser le silence. Une veuve qui s'ignorait quelques secondes plus tôt découvrait, dans l'horreur, la profondeur de la solitude. Le bruit succédait à l'effet de souffle et la vie, un instant vitrifiée, reprit son cours désordonné. Sauf pour un cadre de l'administration

pénitentiaire à jamais rayé du tableau d'avance-
ment.

*Manu sait que ses yeux sont rouges et cette
pensée l'obsède. Rouge-fatigue, griffés par le
sable du sommeil retenu sous les paupières. Veinules et vaisseaux, canaux et sillons, minuscules
et innombrables.*

*À quelques pas, Pierre et Charlie ont cessé de
lutter. Corps inertes, habités de sombres lacs où
gonflent en silence les voiles du repos.*

*Prisonniers sans barreaux sur un chemin de
ronde qui n'a ni commencement ni fin, ils sont
las de marcher courbés. L'île est une geôle circulaire murée par l'océan. Chien de mer, chien de
garde.*

*Quatre jours, quatre nuits, cachés, terrés, jours
sans pain, nuits sans sommeil. Quatre jours noirs,
quatre nuits blanches, néon clignotant qui brûle
comme la lave. Noir-blanc, noir-blanc, noir-
blanc, noirblancnoirblanc... Taches de sang.*

Veinules et vaisseaux, canaux et sillons.

*La forêt les protège encore, mais pour combien
de temps ? Sous la mousse et les fougères, Manu
sait les ruisseaux et les sources. Au flanc de la
montagne, il sait la poussière des rois, les tikis de
pierre taillée, les génies du corail et l'alizée qui
fait trembler les feuilles. Il boit au ventre des
cocos gorgés de lait. Enfin, la nuit serpent s'en-
roule autour de lui et tatoue son venin bleu dans*

les pores de sa peau. Douceur du poison. Dans des draps bordés de feuillages, Manu glisse vers un oubli sans remords. Il dort.

Lundi 22 juillet.

La sonnerie de l'entrée me poussa hors du sommeil. Assis au bord du lit, je ne pouvais m'extraire du suaire humide qui me recouvrait. De l'éther dans les tempes, j'avais dû passer la nuit dans la chambre froide d'un institut médico-légal ou flotter dans un bocal de formol.

De quelle mort pouvais-je revenir comme on remonte à la surface d'une eau sombre et lisse ?

Je détestais ces matins qui me ressuscitaient malgré moi. En tâtonnant, j'ouvris la porte et sortis du tombeau. Félix attendait, pas seul, sur le seuil.

— Je vous amène Iacob, il travaille à Nuuta-nia. J'ai pensé qu'il pouvait vous intéresser. Mais vous n'avez pas l'air d'aller très fort...

— Si, si, entrez, installez-vous, je vais faire du thé.

Dans la fumée du darjeeling, Iacob, d'abord hésitant, se mit à parler.

— Les gendarmes, ils sont toujours à la prison, ils interrogent les détenus pendant des heures, certains ont été frappés... J'ai vu sans faire exprès... Ils ont une grande bassine de pétrole. Ils plongent la tête des hommes dedans... Ils sont fous... Jamais ce n'était comme ça ici... Prison tranquille... Gardiens sont tahitiens, comme détenus. C'est terrible pour le vieux... Personne voulait ça je suis sûr. Mais on peut pas frapper détenus comme ça, exprès... Ne dites pas que je vous ai raconté.

J'étais complètement réveillé. Mon regard se posa sur Félix.

— Vous m'accompagnez à la prison ?

En arrivant devant Nuutania, je sus que je ne pourrais pas entrer. Derrière les murs se cachait un monde dont je ne savais pas forcer les secrets. Une planète étrangère, un satellite hostile vivait là, replié sur lui-même. Les barrières d'enceinte marquaient la limite précise qui séparait la vie de son négatif.

Ma carte de presse me permit de mesurer à sa juste dimension la politesse avec laquelle je fus éconduit.

— Rien à faire, on ne passe pas. C'est quoi tout ce cirque ?

En redémarrant, je maltraitai l'embrayage, vengeance mesquine.

Félix observait mes réactions, témoin d'une lente plongée dans l'inconnu. Il laissa la colère m'envelopper et se dissiper comme un nuage de fumée.

En descendant de voiture, il se pencha à la portière :

— Maintenant, vous êtes vraiment à Tahiti monsieur Mecker. Si vous souhaitez continuer la balade, je vous attends demain.

Dans le hall des *Dépêches*, je ramassai l'édition du jour. J'avais laissé tomber l'interview de Francil pour donner toute sa place à l'assassinat. Je dépliai le journal. Un titre énorme barrait la une : « Le directeur de la prison froidement assassiné par les mutins évadés. »

J'appelai Serge.

— D'où tirez-vous ça ? Qui a réécrit mon papier ?

— Où étais-tu ce matin ? On t'a cherché partout. Le patron veut te voir, ça chie.

Malanda, le directeur des *Dépêches*, en faisait toujours trop et cela nuisait à son autorité. Il cherchait à compenser sa petite taille par la longueur de ses dents, mais il avait plutôt l'allure d'un roquet hargneux que d'un fauve carnassier.

Il avait dû potasser en solitaire le guide du *raider indigeste*. Il se voulait tranchant comme un sabre de samouraï, il n'était pas plus affûté qu'un couteau de cuisine. Pourtant, sa froideur avait fait chuter la température de la pièce. J'en fus étonné.

— Qu'est-ce que vous foutez, mon petit vieux ? La gendarmerie vient d'appeler. Qu'alliez-vous faire à Nuutania au lieu de vous intéresser au meurtre ? On a été obligé de bricoler la une *in extremis*. Pourquoi pensez-vous que je vous paie ? Où vous croyez-vous ? Vous êtes journaliste au premier quotidien de Polynésie. Pas un Rouletabille en vacances sous les cocotiers. Nous avons une mission à remplir : informer nos lecteurs sur l'actualité. Et l'actualité c'est cet assassinat sauvage perpétré par des mutins évadés.

— Excusez-moi, monsieur, mais pourquoi dites-vous qu'ils sont coupables ?

— Mais bon sang, parce que vous saurez en lisant le journal qui vous emploie qu'ils ont envoyé un communiqué. Kreuz est dessus. Il fallait vous réveiller plus tôt.

— Je tentais de vérifier un témoignage sur des brutalités policières dans...

— Qui vous a commandé ça ? Vous bossez pour les *Dépêches* pas pour Félix ou je ne sais trop qui ! Cette île ne vous a pas attendu pour vivre. Ayez donc conscience de vos carences, cela vous aidera peut-être à progresser. En attendant, vos enfantillages viennent de vous coûter la couverture de l'affaire. Maintenant, laissez-moi, j'ai du travail.

J'avais donc du temps libre. J'en profitai pour me documenter sur la biographie des évadés. Les vedettes du crime faisaient plutôt figure de Pieds Nickelés d'outre-mer. Petits vols, récidives, bagarres... Banal, sordide, mais pas le genre à tuer de sang-froid, et d'une seule balle, une personnalité locale. Encore moins à le revendiquer. Restait le communiqué. Il accusait en vrac le colonialisme français, la bombe et le directeur de la prison, au nom d'un mystérieux groupe « La Terre des Ancêtres ». Le « Terii Vengeance » qui concluait le message prenait décidément le chemin du top 50.

Je refermai les aventures de la « bande des trois » alors que la lumière du jour se teintait de tons chauds. Sans ostentation, l'île se couvrait d'une dorure tendre d'où naissait un bonheur tranquille. Dans un mélange d'odeurs fraîches, la mer rappelait son existence. Chaque soir elle déroulait sa douceur parfumée comme un lit aux draps propres. Je pris une respiration profonde en accord avec la mesure du temps et chassai mes pensées.

Dès que je fus en état, je déambulai jusqu'au port.

Bleu dedans, bleu dehors, l'océan mouillait les quais. Les quilles des monocoques s'incrustaient de coquillages comme des flancs de baleines. Ancres posées sur le fond tranquille du lagon, les trimarans faisaient de l'œil aux pirogues. Blancs oiseaux de fibres blanches, les migrateurs marins lissaient leurs plumes de verre.

Des tresseurs de drisses observaient le temps avec une patience attentive. Ils passaient là de lentes escales dans un doux balancement.

J'aimais ces clochards des hauts fonds, leur goût du sel et le chant de leurs cordages.

J'aurais voulu flotter sur le dos, bras en croix, jambes ouvertes, comme un astérisque en apesanteur. N'être plus qu'une molécule liquide, une gouttelette aux formes changeantes.

Un voilier familier le long des docks attira mon regard. Le *Moonfleet* se balançait à l'ombre d'un grand yacht acajou. Ted Raeb était de retour. Je l'avais rencontré peu après mon arrivée à Tahiti, et nous avions vite sympathisé. Teddy ne correspondait en rien au portrait-robot du bourlingueur. Il était rond. Tout rond, de partout. Vu de l'extérieur, il ressemblait à un culbuto. Un de ces gros marins de caoutchouc avec lesquels les enfants jouent dans leur bain. À l'intérieur, idem. Pas d'angles, ni de pointes, rien que de la courbe douce, de l'arrondi, du jovial. Il n'avait pour autant rien du balourd. La curiosité scientifique avec laquelle il observait le petit monde des îles était impressionnante. Mais c'était celle du bon docteur. Sa lucidité ne l'emportait pas sur sa gentillesse. Teddy était connu sur le plus petit confetti du Pacifique. Lors de ses balades dans les archipels, il ne refusait jamais d'embarquer un colis ou un passager. Si la liaison régulière affichait complet, on pouvait toujours compter sur le *Moonfleet*. Teddy vivait un peu sur le tourisme, louant son service et son bateau, un peu sur les articles qu'il publiait dans quelques revues spécialisées.

Je montai sur le pont. Dans la cabine entrouverte, sa silhouette imposante se découpait à contre-jour. Absorbé comme un enfant devant un jeu vidéo, le nounours des mers bricolait un sonar. Les outils disparaissaient entre ses doigts énormes. Il portait une de ses éternelles chemisettes hawaïennes tombant sur un short anglais. Je l'observais depuis un moment quand il leva la tête, ses verres demi-lune sur le bout de son nez.

— Bienvenue à bord, s'écria-t-il en souriant.

— Où étais-tu passé ?

— J'ai fait le tour de quelques atolls, un bout de terre oublié. Fascinant.

— Les vahinés ?

— Non, une communauté repliée sur elle-même qui avait fait parler d'elle il y a deux ans. Trois cents personnes sur un caillou, complètement sous l'emprise d'une prédicatrice. Ancien Testament à la veillée, démons et malédiction divine. Le mélange de croyances a fini par exploser. Résultat : deux femmes brûlées vives par les fidèles. L'exorcisme a mal tourné. J'ai eu envie de voir sur place... Tu veux une bière ?

La glacière de Ted était un vrai pub isotherme. Il lui était arrivé d'être en panne de tout, jamais de Kilkenny. Ses doigts boudinés entraient avec peine dans l'anneau des boîtes, mais il considérait cette difficulté de dernière minute comme un ultime piment à son plaisir.

Je contemplai le métal argenté qui emprison-

nait ma bière. Une buée de givre y dessinait
l'empreinte éphémère de ma main.

— Et Moruroa ? hasardai-je lorsque le voile
glacé eut disparu.

— Encore un atoll étrange celui-là. Il t'inté-
resse ?

— Je bute souvent dessus en ce moment.

— Tout a été dit. Le vrai, le faux... Difficile
de faire le tri. Un truc est sûr : les Tahitiens
n'aiment pas Muru, même quand ils vont y tra-
vailler. C'est le royaume des génies malfaisants.
Une partie des vieilles croyances s'y est trans-
portée. Les atuas reviendront de leur exil pour
se venger et reconquérir leur puissance perdue.
L'enfer, l'atome... tout ça s'entrechoque.

— Les accidents ?

— Idem... comment savoir. Trop de tabous et
trop de passions. Les techniciens du site sont
tenus au secret défense et les autochtones
employés aux rares boulots peu qualifiés ne sont
pas assez informés pour apporter des éléments
fiables. Pourtant, un pépin a filtré juste avant ton
arrivée. Une bombe est restée coincée au milieu
d'un puits de tir souterrain. Impossible de la
récupérer. Elle a explosé à mi-hauteur. Un de
tes évadés y était à l'époque. Manu Taohé.
Qu'est-ce que je te ressers ?

À l'heure convenue, Félix m'attendait.

— Je savais que vous viendriez. En route pour l'autre côté du décor.

Sans parler, nous prîmes le chemin de la montagne. Nous ne tardâmes pas à nous enfoncer dans la forêt. Les ombres s'allongeaient démesurément pour se refermer derrière le 4 × 4 dont les phares balayaient le décor comme une rampe de théâtre. Des nuées de phalènes dansaient dans les faisceaux de lumière jaune. J'avais renoncé depuis longtemps à me situer lorsque la Land-Rover s'arrêta devant un faré isolé.

La cime des arbres masquait la lune comme un loup de soie sombre. Les grands troncs se balançaient en grinçant. Un rai lumineux filtrant sous la porte, la maison ressemblait à un poste frontière gardant l'au-delà. Sur le seuil, j'hésitai. La voix de Félix me fit sursauter.

— Auriez-vous peur des esprits ? Entrez.

En tournant la poignée, j'étais certain de libérer les flammes de l'enfer. Pourtant, l'intérieur de la pièce faiblement éclairée par des lampes à gaz était enfumé mais calme. Pas de démons, juste quatre Tahitiens qui me dévisageaient. Ils semblaient bien résister au brouillard de nicotine. Peut-être servaient-ils de cobayes pour une nouvelle expérience de survie. La vue de Félix parut détendre l'atmosphère. Dans un rocking-chair un homme dont je ne pus discerner les traits se balançait en grattant une minuscule gui-

tare tandis qu'une femme chantonnait doucement.

Félix fit les présentations.

— Thomas Mecker, le journaliste des *Dépêches* dont nous avions parlé. Paul, Moana, Jonas
et son ukulélé. Pierre, Charlie et Manu... en
congé de Nuutania.

— Vous voulez dire que...

— Ce sont les évadés dont votre presse parle
tant. Les coupables idéaux. Seul défaut au
tableau : ils nient leur culpabilité alors qu'ils sont
censés avoir revendiqué leur crime il y a quelques heures. Jonas les a trouvés endormis dans
une grotte près du lagon et les a conduits ici où
ils sont provisoirement en sécurité.

Je pris place à la table. Paul me servit un verre
de pia hamani, une boisson fermentée à base de
levure et de racines de poivrier.

— Rien n'est logique dans cette affaire, dit
Jonas. Des évadés suffisamment imprudents pour
se risquer près d'un théâtre où est réuni le tout-
Tahiti. Des détenus qui ont besoin de s'échapper
pour tuer le directeur de leur prison... Et pourquoi lui ? C'était le type même du directeur
humain, trop diraient certains. Ah, j'oubliais...
essayez de leur demander d'abattre une cible
d'une seule balle, et dans la foule en plus. Vous
verrez vite que ce n'est pas dans leurs cordes.

Manu prit la parole.

— On a beaucoup parlé après la mort de Terii.

58

Fallait que ça pète. Avec Muru, qu'est-ce qu'il nous reste ? L'évasion, après, c'est une connerie, d'accord. Mais le directeur, c'est pas nous.

— Dites, vous y avez bossé à Moruroa.

— Ça ou danser le tamuré pour les touristes... De toute façon, on m'a viré après l'accident.

— Pourquoi ?

— Demandez à votre patron.

Je sentais mes certitudes se fissurer comme la roche de l'atoll.

— J'ai prévenu les *Dépêches* de l'accident. J'avais emporté des documents. Mon contrat s'est terminé deux jours après.

— Pourquoi étiez-vous à Nuutania ?

— Au Marin' Bar, des militaires m'ont provoqué. Ils disaient que je les avais volés. On s'est battus. Quand la police m'a emmené, on m'a dit que j'étais accusé de vol, coups et blessures et proxénétisme. Une fille prétendait que j'étais son souteneur.

— Alors, vous apprenez vite ?

Félix se rappelait à mon souvenir.

— Mais le communiqué...

— Vous vous fiez trop aux apparences, monsieur Mecker, dit Jonas. Qu'avez-vous vu de Tahiti ? Une île merveilleuse peuplée de bons sauvages ? Un paradis pour touristes ? L'indolence et la vie facile ? Avez-vous vu l'alcoolisme, le chômage et la délinquance ? Avez-vous vu crever Tahiti sous son ciel toujours bleu ? Perdue dans l'océan, elle n'avait pas une chance entre le missionnaire et le soldat, l'ethnologue et le physicien. Aujourd'hui, face à un communiqué, ils n'en ont pas davantage.

Jonas jouait en sourdine un vieil air mélancolique.

Moana fredonnait. Dans la lueur vacillante des lampes à gaz, la nuit avait coulé sur ses épaules.

Félix restait silencieux, une lueur d'ironie dans le regard, comme un maître de cérémonie assiste un peu amusé à l'initiation d'un disciple.

J'avais vidé mon verre. On m'en servit un second. Il me semblait entendre un bourdonnement monter dans mes tempes. Moana ne chantonnait plus.

— Les coupables sont désignés, dit-elle. Ils pourront toujours clamer leur innocence cela ne changera rien. L'enquête de la police n'ira pas plus loin.

Les évadés m'observaient, attentifs. Je me sentais mal à l'aise. Le bourdonnement s'amplifiait. Mon sang s'était épaissi dans mes veines dilatées.

Je cherchai mes mots avant d'articuler avec peine :

— Mais qui aurait eu intérêt à descendre Leclerc ?

— Pour trouver la réponse, votre carte de presse est un laissez-passer. Faites-en au moins cet usage.

Je finissais d'avaler le liquide sirupeux. La

mélodie de Jonas s'amplifia peu à peu, au point d'envahir toute la pièce. Mêlée au chant de Moana, elle flottait en brume vacillante. Les mutins semblaient sourire à travers des verres déformants. Félix parut plus grand lorsqu'il s'approcha de la jeune femme pour lui murmurer quelque chose que je ne compris pas. Elle se leva en répandant la nuit de ses cheveux. Charlie et Manu échangèrent une plaisanterie en tahitien et leur rire désaccordé fut couvert par le bourdonnement devenu assourdissant. J'eus envie de vomir, je ne parvenais pas à bouger les jambes. Je dus faire un effort désespéré avant de tomber sur la terre battue. Les cheveux de Moana frôlèrent mon visage, me noyant dans leur eau noire et parfumée.

Je me réveillai nauséeux dans le 4 × 4 de Félix.

— Vous devriez vous méfier des breuvages que vous contrôlez mal, plaisanta-t-il. Je vous conseille le nectar de fruits. À ma connaissance, il n'en existe pas d'hallucinogène.

Décidément, le cercle de ceux qui se foutaient de moi s'élargissait. Au train où allaient les choses, il n'aurait bientôt plus rien d'un club privé. Il était sans doute temps d'y mettre bon ordre.

Le chemin du retour me parut plus long. Félix empruntait un autre itinéraire. Il aurait pu faire l'économie de cette précaution, j'étais incapable de me repérer dans cet entrelacs d'arbres et de fougères.

Il sourit :

— Nous tournons un peu pour brouiller les traces de pneus. La police est sur les dents, mais demain les oiseaux auront changé de nid.

Il engagea le 4 × 4 dans un chemin sablonneux. Au sortir d'un groupe d'ylangs, il l'immobilisa sur une étroite plage en forme de croissant ouvert sur l'océan. La lune s'y reflétait comme une lueur engloutie.

— Vous voyez, dit Félix, ici s'est formé l'univers. Un grand requin blanc qui avait dans ses flancs toute la voie lactée a enfanté le monde et les étoiles. L'eau des lagons, c'est son lait qu'il verse en abondance pour nourrir ses enfants. La terre, c'est sa chair qui la féconde. Les vôtres sont en train de tuer le grand requin, monsieur Mecker. Ils empoisonnent son sang. Ils effacent son souvenir de nos mémoires comme on lave le pont d'un navire. Mais sans le requin blanc nous ne sommes plus rien. Ici, le temps coulait comme une source. Il n'avait ni commencement ni fin. Et vous êtes venus. Vous avez amené votre peur de la mort et tout ce que vous aviez inventé pour l'oublier. Vous nous avez appris cette peur. Et, faute d'être immortels, mais pour vous croire égaux aux dieux, vous avez créé les armes capables de détruire ce qu'eux seuls pouvaient détruire. Alors aujourd'hui, vous pouvez crier partout qu'il n'y a aucun danger et que nous ne comprenons rien. Tahiti meurt lentement, comme le grand requin. Mais ça, vos missions scientifiques ne le détectent pas.

Félix s'était tu et fixait la mer. Le silence n'était plus troublé que par le craquement léger des arbres. Dans le lagon, un clapotis se fit entendre, semblable au bruit d'un ricochet. Mal à l'aise, je me figeai.

— Le grand requin, dit Félix en souriant de nouveau. Ne l'oubliez pas.

Je ne risquais pas. Il me faisait trop mal au cœur, le requin, à onduler entre deux eaux. Tout tanguait sur cette plage. Je parvenais difficilement à conserver mon équilibre. Le front moite, j'étais envahi par des bouffées de chaleur. Je me sentais sale, frippé, plein de fatigue séchée et de trucs visqueux. Bon sang, ça n'allait pas du tout. Une violente nausée me saisit l'estomac et le retourna brutalement. Il se vida d'un coup. Le gros poisson n'allait pas être content. Venir gerber chez lui, là où il avait fait le monde et tout. C'était un coup à faire grincer les dents de la mer. Beurk ! Je n'étais pas sortable.

Nous n'échangeâmes pas une parole jusqu'à Papeete. Félix arrêta son 4 × 4 devant chez moi en laissant tourner le moteur. Je tardais à prendre congé, agrippé à la portière, quand je me retournai vers lui et demandai :

— La fille qui a accusé Manu. Vous connaissez son nom n'est-ce pas ?

— Bien sûr, comme il vous l'a dit, vous la trouverez au Marin' Bar, elle s'appelle Iréna.

Mardi 23 juillet.

Une migraine sourde me sortit péniblement d'un sommeil collant comme une sale maladie. Sous mes vêtements chiffonnés, le drap était humide de sueur. La nausée ne m'avait pas quitté et j'hésitais à remuer de peur de l'aviver. Me lever, quitter ce radeau pourri, occupait tout mon esprit. Ouvrir les yeux m'apporta un léger soulagement, tempéré par une vision incertaine.

Les murs de ma chambre se resserraient dangereusement en tournant sur eux-mêmes. Si je ne bougeais pas, j'allais finir écrasé entre le lit et le plafond dont la tendance au rapprochement était évidente. Ma résolution prise, je me levai d'un bond dérisoire, agrippai la poignée de la fenêtre et aspirai goulûment l'air frais aux senteurs de fleurs.

D'une main tremblante, je me servis un verre d'eau fraîche. À la première gorgée, je titubai vers les toilettes et vomis à m'en arracher l'estomac. Je fus longtemps secoué de spasmes douloureux qui cédèrent peu à peu le pas à une timide sensation de délivrance.

Les yeux larmoyants, je revins au monde sous

les massages liquides de la douche. L'eau claire me renvoya, comme une marée montante, le sourire moqueur de Félix.

Je me sentais entraîné dans une spirale dont je ne contrôlais aucune circonvolution. Pourtant, en ce matin chaviré, ma seule envie était de me laisser porter. Si tout n'était qu'illusion, autant surfer un peu, je ne risquais pas de me noyer. Tout juste de flotter vers un abîme d'emmerdements.

Je ne sus jamais pourquoi je poussai jusqu'au domicile de feu Baptiste Leclerc. La veuve ouvrit la porte et surmonta sa douleur afin de répondre à quelques questions pour le portrait du défunt. Enveloppée dans une robe de tapa noir, elle avait l'air lointain des femmes de Gauguin. Je n'avais jamais pensé qu'une épouse de fonctionnaire pénitentiaire pût être belle. Encore une idée reçue qui retournait à l'expéditeur. Elle me traça, les yeux rougis, une image sans ombre de son époux. Cela ne m'avançait à rien. J'étais venu avec l'espoir idiot de tomber sur la veuve joyeuse en veine de confidences. À l'évidence je m'étais égaré.

Alors que je prenais congé, je revins sur mes pas :

— Madame, votre mari était connu pour son humanité. Pourquoi aurait-on choisi de l'abattre ?

La surprise passa dans son regard comme un nuage devant le soleil.

— Je ne sais pas. Sa fonction sans doute. Les assassins le... Que voulez-vous dire ?

— Je cherche à comprendre. Beaucoup de personnalités présentes à cette soirée étaient plus représentatives de ce que dénonçait le communiqué.

— Je n'ai pas réfléchi à cela. Tout est si soudain, si horrible...

Je crus qu'elle allait finir sa phrase, mais elle resta suspendue à son chagrin.

— Je vous remercie de m'avoir reçu dans des circonstances aussi dramatiques. Je vais vous laisser vous reposer.

En lui serrant la main, je vis que le nuage était toujours là. Je me demandai s'il crèverait lorsque j'aurais tourné les talons.

Je filai vers la prison. Je n'y avais pas tenté ma chance depuis longtemps. Si la gendarmerie avait définitivement élu domicile à Nuutania, autant en informer les lecteurs. À défaut d'investigation, restait le journalisme de services. Une nouvelle m'attendait : les flics avaient levé le camp. Le directeur-adjoint, cheveux brillantinés et moustache carrée, tentait de réorganiser l'établissement. Cela ne lui laissait que peu de temps pour un entretien, mais il tenait à saluer la mémoire de son supérieur, le sang-froid des gardiens et l'intervention des forces de l'ordre. Il salua.

La mutinerie ? Un dramatique engrenage

dans lequel les détenus s'étaient laissé entraîner par les trois fuyards dont le seul but était de s'évader.

Les brutalités ? Il avait lui-même supervisé la présence des gendarmes. Fermeté oui, il fallait que l'ordre soit rétabli mais la barrière de l'arbitraire n'avait pas été franchie. La situation exigeait que les interrogatoires eussent lieu sur place et sans attendre.

Pendant que le directeur parlait, j'avais fixé mon attention sur son nez où un point noir me fascinait. Je sentais monter en moi une colère irraisonnée. Peu à peu, je fus conscient que mon rythme cardiaque s'accélérait. Je me dandinais d'une fesse sur l'autre en cachant l'agitation de mes mains.

Le point noir était vraiment dégoûtant. Bon sang, pourquoi ne s'en débarrassait-il pas ?

Dans ma poitrine, mes ventricules avaient adopté une cadence d'éperonnage. Mieux valait ne pas savoir ce que faisaient mes oreillettes.

Je m'entendis articuler, la voix tremblante :

— Auriez-vous l'intention, sur place et sans attendre, de me prendre vraiment pour un con ?

Le comédon à moustache s'était figé, œil rond, bouche ouverte. Il ressemblait à un de ces gros poissons surpris par un photographe de l'équipe Cousteau.

Je le laissai dans ses abysses de stupéfaction et remontai vers la surface. Mon estomac criant famine me fit comprendre que les effets désastreux du cocktail de la veille s'étaient dissipés. Ching savait comme personne préparer de succulentes salades. Un petit brunch arrosé d'un jus de pamplemousse achèverait de me remettre en forme à l'heure du goûter.

Sur l'avenue, des hommes en short, chemise au vent discutaient à l'ombre des pins. Des groupes de jeunes filles marchaient en se tenant par le bras. Elles s'avouaient des secrets en chuchotant, et riaient aux éclats quand passaient des jeunes tanés fiers de leur beauté. Je me demandais s'ils mettraient longtemps avant de s'enrober. Les Tahitiens n'avaient jamais été ennemis d'un peu d'embonpoint mais l'abus de sucreries, de bière et de hamburgers commençait à faire des ravages.

La salade de Ching était délicieusement fraîche. De simples petits légumes auxquels personne n'aurait prêté attention étaient capables d'ensoleiller une journée mal commencée dès lors qu'ils se mélangeaient dans l'huile et le citron.

Je me sentais lavé de l'intérieur et pouvais enfin trier quelques-uns des éléments qui avaient tant de mal à s'imbriquer.

Toute cette histoire ne tenait debout que sur des apparences. L'évasion de Manu et de ses amis ne rimait pas à grand-chose. Sauf à traverser l'océan en pirogue ou à finir leurs jours cachés sur un atoll, ils n'avaient aucune chance d'échapper à la police. Dans ces conditions, abattre Leclerc relevait de l'inconscience totale. On ne pouvait exclure l'hypothèse d'événements échappant à toute rationalité. Tension nerveuse trop forte, enchaînement de la désespérance, mais c'était peu probable quatre jours après la mutinerie...

Les questions de Jonas ne trouvaient aucune réponse satisfaisante. Restait le communiqué.

Jusqu'au soir, je traînai au journal à réécrire quelques télex d'agences pour leur donner la touche *Dépêches*. Je dînai d'une pizza tomates-fromage que je me fis livrer et passai la soirée à quelques boulots sans importance.

Masakao Shiki dit qu'au clair de lune, les épouvantails ne sont plus que des pauvres hommes. C'était l'heure de vérifier. J'appelai un taxi et me fis déposer quartier du port. Dans ses rues aux reflets électriques, Tahiti ressemblait à toutes les escales du monde. Les navires d'acier vomissaient des marins en vadrouille. Derrière les vitres teintées des bars étroits, des filles court vêtues d'écailles brillantes s'alanguissaient sur des tabourets trop hauts. Çà et là, des fish and chips graisseux exhalaient des odeurs d'huile recuite et de poissons frits. Leur lumière crue inondait les tables de Formica en jetant des flashes blancs dans la nuit étoilée.

Sous les néons clignotants, des silhouettes gainées de noir et de rouge interpellaient les légionnaires qui passaient en traînant.

Un peu plus tard, viendrait l'heure des démarches hésitantes et des histoires ressassées. Paupières lourdes de sommeil, les femmes s'ennuieraient sur des banquettes de moleskine en écoutant des soldats fatigués. Puis, dans le matin gris, les lumières artificielles s'éteindraient sur les poubelles renversées et les bagarres incertaines.

Autant avoir trouvé la fille avant. Je n'avais aucun goût pour ces aurores miteuses à l'exotisme défraîchi.

Il ne me fut pas difficile de dénicher le Marin' Bar. Comme une calligraphie chinoise, son nom s'épelait à la verticale, en grosses lettres bleues.

Je n'étais pas assis depuis plus d'une minute qu'une sirène ondula jusqu'à ma table. Sa première réplique ne manquait pas d'originalité :

— Tu m'offres le champagne, chéri ?

— Je t'offre bien plus si tu t'appelles Iréna.

Elle ne semblait pas craindre la concurence, elle reprit ses ondulations pour se diriger vers le comptoir.

Tiède et cher, le liquide réglementaire me fut livré avec Iréna, copie conforme de sa copine de salle, dans une bouffée de sueur et de tabac blond. Sa robe fourreau, qui ne lui laissait pas d'autre choix que de croiser haut les jambes dès qu'elle s'asseyait, soulevait une poitrine gonflée à l'hélium.

— Je suis journaliste, je fais un papier sur les rues chaudes de Papeete, alors, autant justifier mes notes de frais et joindre l'agréable à l'utile, non ?

Elle semblait plus intéressée à gratter le vernis écaillé de son pouce qu'à écouter mes histoires. Pourtant, elle me demanda, sans lever les yeux, pourquoi je l'avais réclamée.

— Disons que pour l'utile, ton amie aurait fait l'affaire, mais pour l'agréable, tu m'as été recommandée.

Le rouge brillant de ses lèvres luisait sur sa peau fardée.

— Oui ? Par qui ?

La coupe de champagne que je bus pour me donner une contenance me parut aigre.

— Un ami que les ennuis n'empêchent pas de penser à toi.

Son regard se colla au mien comme une ventouse humide.

— Tu aurais dû l'amener, on s'amuse mieux à plusieurs.

— Ce n'est pas possible pour l'instant, mais je crois qu'il aurait aimé.

Rien ne marchait. Depuis le début, elle était sur ses gardes. Il fallait lui redonner confiance.

— Si on allait finir la conversation dans un endroit plus intime ?

Docile, la fille se leva et traversa le bar dont une sortie donnait sur une ruelle moins fréquen-

tée. Je la suivis. Dehors, l'hôtel des Marquises
ne devait pas recevoir très souvent la noblesse.

— Oh, j'ai oublié mon sac au Marin'. Attends-
moi, mon chou, j'en ai pour une seconde.

Ses hauts talons claquèrent sur la chaussée
comme les gouttes d'une averse métallique. La
seconde sembla s'éterniser. J'essayais d'imaginer une chute honorable lorsque deux fêtards
éméchés entrèrent dans la ruelle. Le champagne
des boîtes devait s'avérer redoutable. Ils zigza-
guèrent jusqu'à ma hauteur et s'arrêtèrent, titu-
bants. Le premier fouilla dans ses poches avant
de trouver un paquet de cigarettes froissé.

— Vouous z'avez duu feu ?

Je fus surpris par la fermeté de sa main
lorsqu'il me serra le bras. Un violent coup de
poing dans l'estomac me coupa le souffle. Une
bombe à hydrogène avait dû aspirer l'air autour
de moi, plus rien ne pénétrait dans mes poumons. Je tombai à genoux en suffoquant et reçus
un morceau d'atoll sur le crâne. Un obturateur
se ferma au millième de seconde devant mes
yeux, jusqu'au noir total.

Quand j'en sortis péniblement, l'aube pâle
n'était pas la seule à être défraîchie. Ma boîte
crânienne me faisait l'effet d'une chaussure trop
petite. Le moindre mouvement menaçait de la
faire éclater. Avant d'en arriver là, un état des
lieux s'imposait.

Côté face, la douleur traversait mes orbites et mes pommettes pour s'insinuer dans mes racines dentaires. Côté pile, ce n'était guère plus reluisant. Ma nuque lestée de plomb tentait d'entraîner mes cervicales meurtries vers l'arrière. Seule la rigidité de mon cou l'empêchait d'y parvenir.

Je respirai lentement pour diminuer l'intensité des flots de sang qui se fracassaient sur mes tempes à chaque battement de mon cœur. Au bout d'une éternité, ma tête supporta un changement de position. J'en profitai pour ouvrir les yeux.

J'étais allongé sur un tas d'ordures. Cageots cassés, bouteilles vides, restes de nourriture, papiers gras. L'inventaire me fit penser à la litanie des liftiers qui annonçaient les rayons des grands magasins lorsque j'étais enfant. Derrière moi, une porte s'ouvrit et une chose velue frôla ma joue. Les rats ! Ils allaient sans doute me confondre avec un reste de viande faisandée ou de poisson pourri. Si on s'en tenait à l'odeur, on pouvait difficilement leur en vouloir.

L'effort que je fis pour me relever produisit deux effets immédiats : les coups de marteau reprirent de plus belle à l'intérieur de ma tête et l'être poilu émit un miaulement fâché, prouvant au moins qu'il n'était pas de la famille des muridés.

Je m'adossai au mur lépreux.

— Pussy, Pussy... Hé, mais qu'est-ce que vous faites là ?

La silhouette d'une femme se découpait dans le rectangle lumineux d'une entrée d'immeuble. Elle fut rejointe par celle d'un chat qui se frotta à ses jambes avant de trottiner vers l'intérieur.

— Vous avez entendu ? Il ne faut pas rester là. C'est l'heure de rentrer chez vous. Allez !

Sa voix tombait d'un halo jaune. Je tentai de la rejoindre et ne pus articuler qu'un piètre « S'il vous plaît » avant de tomber à ses pieds.

Une ombre noire avala la lumière, la porte se refermait.

— S'il vous plaît...

— Mais vous êtes blessé !

Les pieds revenaient dans le soleil électrique.

— Ils sont jolis.

— Hein ?

— Vos pieds, ils sont jolis.

Le sol se mit à chavirer sous l'effet de cette déclaration et ce fut de nouveau l'éclipse.

Mercredi 24 juillet.

Le sol tanguait toujours mais cette fois, il avait une bonne raison de le faire : c'était le plancher d'un bateau.

Près de la couchette où j'étais allongé, un

74

verre de thé fumait en attendant mon réveil. Autour du verre une main aux gros doigts terminait un bras potelé. Au bout du bras Teddy souriait.

— J'ai aussi des œufs si tu veux dîner.

La montre étanche de Ted marquait six heures et demie. Du soir supposai-je.

— Comment ai-je atterri ici ?

— La fille qui t'a ramassé devant chez elle a trouvé ma fréquence radio dans tes poches. C'est... hum... une amie, tu as vraiment de la chance. Qu'allais-tu faire dans les poubelles du port ?

J'esquissai un geste pour me redresser mais les bombardiers embusqués derrière mon cerveau s'apprêtèrent à décoller. Lancés à plein moteur, ils pouvaient faire du dégât. Mieux valait rester allongé que mourir debout. J'optais pour la position couchée. Je pourrais toujours décider plus tard si c'était celle du pacifiste ou du tireur.

Devant ma petite mine, Teddy s'était retiré. La cabine semblait se balancer un peu moins mais elle baignait dans un sépia irréel. Faute de mieux, je pouvais toujours faire le point.

Terii et son frère morts, un gardien mort, un directeur de prison mort. Le costume sans manches faisait fureur à Tahiti et la chaleur n'y était pour rien.

Une mutinerie, des évadés, un assassinat revendiqué, des assassins qui nient.

Un centre d'expérimentation, des incidents, du secret défense.

Une vraie bande-annonce de séries B années 60. Aventures sous les palmiers.

Pas brillant. Sans compter que, sous ces latitudes, mes gros sabots n'avaient pas dû passer inaperçus. Mais qu'ils aient dérangé quelqu'un valait finalement mieux que rien. Mon passage à tabac ne ressemblait pas à une bagarre d'ivrognes. Il y avait donc quelque chose à tirer du Marin' Bar.

Je ne parvenais pas à produire d'idée plus lumineuse. Mieux valait plonger dans le sommeil en espérant qu'il serait réparateur. Je me calais dans la couchette. Peu à peu, le lent balancement devint bercement et produisit son effet.

Dire que je me sentais frais et dispos le lendemain serait exagéré. Mais, si l'on exceptait une migraine diffuse et des courbatures multiples, le bulletin de santé pouvait passer pour positif. Teddy, ma grosse nounou marine, m'avait préparé un vrai breakfast. Certaines journées avaient sûrement commencé plus mal de par le vaste monde. Entre jus d'orange et céréales, je mis Ted au courant.

— Te voilà dans un drôle de bain mais ne tire pas de conclusions hâtives. Ici, seuls les lagons sont transparents. Rien de plus facile que de courir les fausses pistes.

— Il semble qu'on ait voulu m'en fermer une. Que dirais-tu d'un verre au Marin' Bar ?

Vendredi 26 juillet.

Depuis longtemps, nous attendions que vienne l'instant impalpable qui sépare la nuit de l'aube. Ce signal muet qui annonce aux vampires fatigués qu'il est temps de rentrer. Enfin, il était arrivé. Les pas et les voix s'éloignaient, engloutis par l'air du large, comme une chanson qui s'éteint. La rue s'était vidée de ses oiseaux nocturnes. Le roulement grinçant du rideau de fer couvrit nos pas quand nous encadrâmes le patron du bar.

— On ferme ? s'enquit Teddy.

— Bing ! fut la seule réponse audible du mastroquet quand sa tête heurta le volet de métal.

Quelques secondes plus tard nous étions tous les trois à l'intérieur. Le Marin' désert dégageait un relent d'abandon. Effluves de tabac froid, de transpiration et d'alcool. Verres vides et cendriers pleins. À cette heure indécise, les marins en bordée repartaient vers la rade et les filles aux traits tirés s'enroulaient dans leurs draps. Les traficoteurs à gourmettes, allongés sur de douteux matelas, fumaient en regardant le plafond de leur chambre. Le silence reprenait possession de la ville. Bientôt, les seules lumières visibles seraient celles des navires. Mais pour le moment, le grand marinier qui passait si mal les portes était occupé à éteindre les chandelles qui dansaient devant ses yeux.

— Qu'est-ce que vous voulez ?

— On ne va pas t'embêter bien longtemps, répondit Teddy. Mon copain cherche une fille.

— C'est pas ce qui manque ici, pas la peine de vous énerver.

— Tu n'as pas compris. Il s'agit d'une fille avec qui il n'a pas eu le temps de finir la conversation. Où peut-on trouver Iréna ?

— Je n'en sais rien, moi, chez elle je suppose.

— On a de bonnes raisons de penser qu'elle va s'y faire rare. Elle ne doit pas bosser en solitaire. Donne-nous le nom de son employeur.

— Voyez l'Urssaf.

On sentait poindre l'orage. Teddy le fit éclater au-dessus du comptoir, fracassant les rangées de bouteilles qui dormaient la tête en bas comme des chauves-souris.

— *Versez donc le punch allumé,*
   Le rhum, la mélasse et le miel,
hurla Ted que je ne savais pas ami de Mac Orlan.

— *C'est la souris qui séduit*
   Qui pour plaire se maquille
   En vison à Tahiti
   En rob' du soir aux Antilles.

Le type avait pâli mais ne répondait toujours pas. Tant pis pour lui, et pour les miroirs de la salle qui firent connaissance avec les longs tabourets du bar. Tant pis pour le skaï des banquettes où les matelots venaient rêver. Tant pis pour l'acajou des tables, de toute façon il était faux. Tant pis pour la boule tango qui n'avait plus grand-chose à refléter. Tant pis pour...

Le type parla enfin.

— Non, pas la sono ! Elle est chez Jo, Joseph Fafaara, rue Bougainville.

Il venait de la sauver, sa sono. Mais avant qu'elle ne braille à nouveau, son estaminet des mers de corail aurait besoin d'un ravalement.

La nuit nous enveloppa comme une mer calme. La brise transportait son parfum sucré-salé de fruits et d'écume. Papeete endormie exhalait des odeurs chaudes de liberté.

Dans le lagon, l'océan clapotait aux flancs des bateaux, mêlant son murmure humide au grincement des cordages.

La ville n'était plus qu'un souffle en suspension, un balancement fragile de mâts, d'éclats liquides et d'étoiles. Dans la montagne, Tahiti liane devait bercer doucement les esprits vagabonds, les urus lourds de leurs fruits et le long corps ondulant des sources.

C'était une nuit à vous faire éclater aux quatre

points cardinaux, à vous faire devenir arbre et rocher, insecte et feuille, ciel et coquillage.

En grimpant dans la voiture, nous n'étions plus que deux atomes de poussière dans un rayon de lune. Les feux rouges se posaient sur la nuit finissante comme des taches de couleur sur une toile encore fraîche. Peu à peu, l'aube dessinait ses contours. C'étaient ceux d'un cheval blanc.

L'arrivée dans le quartier d'Iréna nous fit redescendre du nirvana. Le matin naissait sur un décor de tôles ondulées et de contreplaqué. Des farés déglingués avaient poussé dans cette périphérie, comme du chiendent dans un terrain vague. Ceux qui avaient cru au mirage de la grande île s'entassaient là, au tout petit bonheur pas de chance.

Adieu Tuamotu, Gambier, adieu Marquises, ils avaient laissé la pêche et le coprah pour venir chercher le rêve dans les vitrines. Ils avaient trouvé porte close. Depuis, ils vivotaient entre le chômage, les petits boulots et l'aide sociale. Ils n'avaient plus envie de repartir, plus envie de grand-chose. À Zone-sous-Cocotiers, les fiers Maoris s'imbibaient d'alcool et de séries télé. « Nous sommes un peu vos Indiens », avait dit Félix. Le soleil se levait sur la réserve.

Dans ce triste tropique que ne visitaient pas les touristes, la bicoque de Jo s'élevait sur ses pilotis de parpaings entassés. Nous n'eûmes qu'à pousser une porte sans serrure pour y pénétrer.

À l'intérieur, la lumière de l'aube éclairait faiblement deux corps abandonnés au sommeil.

— Faut aérer ici, ça sent pas terrible, cria Teddy en manœuvrant l'interrupteur.

L'ampoule nue suspendue au plafond balança ses watts au visage des dormeurs aussi peu vêtus qu'elle.

— Bonjour ! La fée électricité vous apporte le petit déjeuner.

Le réveil brutal n'arrangeait pas Iréna. Sans ses crèmes et ses strass, elle accusait le coup. Ébouriffé, les yeux rougis, son compagnon ressemblait à un hibou surpris par le jour.

— Et voilà, dis-je à la sirène écaillée, je suis de retour. Tu as retrouvé ton sac ?

Teddy n'avait pas besoin de ses cent trente kilos pour maintenir Jo le long du mur. Son automatique suffisait. Le type beugla quelque chose en tahitien mais il ne put finir sa phrase. Le canon d'un Magnum dans la bouche rend l'élocution difficile.

— Le spectacle de mardi a tourné court. Je n'ai pas aimé la mise en scène. Je suis venu te demander le nom de l'auteur. C'est pour la page culture.

Nos hôtes échangeaient des regards arrondis par la peur.

— Manu aimerait te rendre une petite visite. Je ne vais pas pouvoir lui refuser longtemps.

Le visage de la fille s'allongea comme ceux des statues de l'île de Pâques.

— Je t'avais dit que ça finirait mal, lança-t-elle à son poisson pilote.

— Grblgl..., gargouilla-t-il en guise de réponse, le canon de Teddy posé sur ses amygdales.

— Mon sonar me dit que tu vas te tenir tranquille, fit Ted en éloignant son arme. On reprend au début. Parlez-nous un peu de cette embrouille autour de Manu. Pourquoi l'avoir affublé d'un paréu qui n'est pas le sien ?

Je regardai la fille :

— Il n'a jamais été ton tané. À moins que vous ne bossiez tous en société anonyme, mais je doute que ton copain aime partager les bénéfices.

Malgré la chaleur qui s'installait dehors, la glace fut longue à se rompre. Elle finit par céder sous le contact métallique du Magum de Teddy sur la pommette de l'homme.

— Écoutez, dit-il d'une voix blanche. Nous on sait rien. Il y a six mois, un client d'Iréna a voulu me voir. Il m'a proposé un marché. Si elle racontait à la police ce qu'il lui dirait de raconter, il y avait un paquet de billets pour nous.

— Pourquoi ?

— J'en sais rien !

— Son nom ?

— Je sais pas !

— Il était une fois un poisson fa, chantonna Teddy en marquant la cadence sur la joue du fretin menu qui ruisselait dans son jus. Il aurait pu être poisson-scie, ou raie, ou sole...

— Qu'est-ce qu'il raconte ? Il est fou, lui ? paniqua le hareng harponné.

— Exact, confirmai-je. Il est « taravana ». Il a chopé l'ivresse des profondeurs. Dans cet état, il peut faire n'importe quoi.

Jojo le Mérou prit une teinte verdâtre qui lui donna un aspect défraîchi. Il aspira l'air qui semblait lui manquer et dit d'un rapide débit :

— Je vends de la dope. Le type le sait, il me tient avec ça. On l'appelle Aznavour parce qu'il lui ressemble. Il m'a promis de passer l'éponge. Il est flic !

Les derniers mots tombèrent dans le monde du silence.

Samedi 27 juillet.

Toute la matinée, Ted et moi avions essayé de reconstituer le puzzle. Le résultat pouvait se tenir mais il manquait pas mal de pièces.

Manu est témoin de l'accident survenu à Moruroa. Il n'a pas l'intention de garder ça pour lui. Un journal, pense-t-il un peu rapidement, est fait pour informer. Fort de cette idée toute faite, il fonce aux *Dépêches*. Malanda a une autre conception de son métier, il reçoit Manu mais prend ses précautions et contacte les autorités. Pas question de donner une quelconque publicité à l'accident qui ferait désordre dans le paysage. Il faut écarter Manu du circuit le temps que ça se tasse. Rien de bien compliqué. Une petite bagarre arrangée et quelques chefs d'inculpation bidons permettront de l'envoyer se faire oublier quelques mois à Nuutania.

— Ça tient la mer, approuva Teddy, mais la mutinerie...

— Le grain de sable, c'est Terii. Il est à Nuutania en même temps que Manu, il l'entend raconter ses aventures. Et la petite saloperie qu'on a faite à son copain s'ajoute à son mal de vivre. La coupe déborde à sa sortie. Comme dans une partie de ping-pong, la balle revient ensuite dans la prison et c'est l'émeute.

— Reste l'assassinat du directeur. Là-dessus on n'a encore rien en tiroir.

— À propos de tiroir, on doit être en train de sortir Leclerc du sien, c'est l'heure des funérailles. Je te raconterai.

Je laissai Teddy poursuivre ses cogitations et fonçai vers la cérémonie.

À Tahiti, les offices religieux faisaient recette. Les chapelles s'étaient multipliées plus vite que les pains. Adventistes, pentecôtistes, mormons, Témoins de Jéhova... La Polynésie n'était pas un paradis perdu pour tout le monde. La population, friande d'histoires, appréciait particulièrement les prêches colorés. Le tout était de s'adapter. Pour ça, on pouvait faire confiance aux vendeurs de goupillons, quelle qu'en soit la marque. Les prédicateurs avaient depuis longtemps remplacé les conteurs traditionnels. Comme partout, les fidèles faisaient le tri dans les légendes et les paraboles. Mais les visions de l'apocalypse et du jugement dernier, distillées à longueur de psaumes, provoquaient leurs fissures.

On n'efface pas rapidement une culture. On commence par superposer. Et l'entassement des couches engendre parfois des effets secondaires. La façon de vivre des Maoris s'accommodait mal d'un péché originel ressassé à pleins ciboires. Le mélange avait de quoi rendre schizophrène, c'était bien parti.

L'église affichait complet. Je parvins malgré tout à me frayer un chemin parmi les fidèles endimanchés. Coincé contre un pilier, j'observais l'assistance.

Tout le gratin tahitien avait tenu à figurer au générique. Aux premiers rangs, la famille formait une vague noire. Ondulante de chagrin, elle effleurait le dernier rivage de ses voiles humides. Derrière elle, se gonflait la houle. Sa couleur s'éclaircissait progressivement selon l'épaisseur des liens tissés avec le défunt. Sombre, le flot des amis, gris, celui des relations plus lointaines, blanc enfin, la marée du tout-venant. Le fondu au noir qui parcourait l'assistance reflétait scrupuleusement la hiérarchie sociale de l'île.

À l'odeur de l'encens balancé à profusion se mêlait, tout aussi lourde, celle des fleurs coupées et des couronnes qui jonchaient le chœur. Les larmes parfumées qui mouillaient les mouchoirs ajoutaient à l'ensemble leur touche entêtante.

Je remontai la nef du regard, passant du blanc au noir. Parmi le crêpe et les voilettes je reconnus un commissaire de la République, quelques généraux et colonels, des élus de l'Assemblée territoriale, un juge d'instruction, des magistrats, des représentants de la maison poulaga et Malanda. Placé quelques rangs derrière les proches, ses regards compassés allaient de l'autel aux marches, en s'arrêtant sur la veuve.

Les premières notes d'un hyménée me sortirent de ma rêverie. Une trentaine de femmes, vêtues de la robe aux manches longues, imposée jadis par les missionnaires à la nudité de leurs ancêtres, déclinaient un requiem au rythme ancien des mélopées polynésiennes. Le chœur gonfla comme un vent du large et balaya les douleurs humaines. Il passa, comme glissent les pirogues innombrables qui s'assemblent dans les lagons et fendent les flots à la vitesse vertigineuse que leur impriment les rameurs. Venues de Rurutu, Maupiti ou Rangiroa, elles obéissaient à des rites immémoriaux. Rame et passe, pousse et part, je les imaginais traverser l'église en un dernier cortège. Peu à peu, l'hyménée décrut. Les pirogues s'éloignaient, emportant avec elle l'esprit du défunt, pour disparaître à l'horizon.

Le silence revint, déchiré çà et là de toussotements, éclaboussé de reniflements. Un orgue en sourdine donna le signal. Dans le brouhaha des prie-Dieu poussés, la famille prit place pour les condoléances.

À plusieurs têtes de mon rédac'chef, je m'immisçai dans la file de tous ceux qui, par amitié ou ostentation, avaient tenu à témoigner de leur présence.

Soudain, un violent sanglot secoua le chuchotement répété des formules creuses et le bruissement des mains serrées. La veuve répondait aux condoléances de Malanda par une secousse nerveuse qu'elle ne maîtrisait pas. La procession s'arrêta quelques instants. Soutenue par ses voisins, Mme feu Leclerc était emportée vers l'extérieur.

Je profitai du léger désordre qui s'ensuivit pour atteindre la sortie en même temps que Malanda :

— *Le chat croque le criquet*
 toute seule
 son épouse stridule.

Il tourna vers moi un visage livide que sa morgue habituelle avait déserté et bredouilla des mots que je n'entendis pas. La foule nous sépara. Je le vis s'éloigner sans prendre la direction du cimetière vers lequel le convoi attendait de s'ébranler.

— Les poètes japonais lui font un drôle d'effet.

Félix m'avait rejoint dans le jardin.

— Je ne le savais pas émotif à ce point, mais il est vrai que le décorum était impressionnant.

Peu à peu, l'église rendait ses ouailles à la lumière temporelle. Leclerc était parti vers les prairies du Seigneur. Pour le moment encore, nous devrions nous contenter de pelouses plus modestes. Pour s'en convaincre, ceux qui n'étaient pas pressés de quitter le monde des vivants s'attardaient en petits groupes sur le gazon anglais du Père Daniel. Les robes de cotonnade, les costumes légers et les chapeaux de paille composaient, sur l'herbe verte, des massifs qui se mouvaient comme les motifs d'un kaléidoscope tourné au ralenti.

Le fourgon mortuaire démarrait doucement, tirant dans son sillage un long ruban de voitures dociles. La police suivait, discrète.

Encore amidonnés de cette pompe funèbre, nous prîmes le chemin opposé. Au fur et à mesure que nous retournions vers des quartiers pleins de vie, notre démarche s'assouplissait. Nos voix abandonnaient le ton bas des sacristies pour retrouver leur timbre naturel.

— Avez-vous trouvé quelque chose ? me demanda Félix.

— Qu'est-ce qui vous fait croire que je cherche ?

— Vous n'avez pas dénoncé nos amis, c'est donc que vous ne croyez pas à leur culpabilité...

— La détention de Manu n'était pas étrangère à l'accident de Mururoa, O.K. Quant au reste...

Nous arrivions chez Ching. Rien de tel qu'une petite collation post mortem pour vous faire retrouver le goût à la vie.

— Alors patron, comme d'habitude ? demanda Ching lorsque nous fûmes installés. Une côte de bœuf ?

— Avec sa moelle, comme d'habitude.

— Je ne connaissais pas la richesse de la carte, dit Félix surpris. La même chose.

Ching partit en souriant vers la cuisine.

Autour de nous s'élevait une rumeur où les voix se mêlaient au bruit de la vaisselle. Le restaurant de Ching était une institution. À n'importe quelle heure, on pouvait y déguster un riz cantonais, un poisson cru à la tahitienne ou un steak. Ching mélangeait aussi bien les catégories sociales que les hémisphères. Du coup, sa clientèle échappait aux schémas préétablis. Dans cette cantine populaire, le docker côtoyait l'avocat. Ching avait inventé une démocratie culinaire qui se moquait autant des frontières gustatives que de la lutte des classes.

Nous reprîmes la conversation en évitant d'aborder l'affaire dans ce milieu où la mastication n'interdisait pas aux tablées voisines d'user de leurs oreilles. L'épisode de l'église nous avait révélé une affinité commune avec les haïkus japonais. Nous en étions à la pureté des vers de Kikaku quand revint le maître des lieux. Il posa devant nous deux gros bols fumants où trempaient des champignons noirs, du tofu et des bambous. Les oignons flottant en abondance à la surface achevaient de donner à sa composition des allures de marécages portables. L'hilarité de Ching faisait plaisir à voir.

— Voilà patron ! Deux côtes de bœuf !

— C'est une vieille plaisanterie, dis-je à Félix qui regardait sans comprendre. Je suis végétarien et ça l'amuse beaucoup. Mais, vous verrez, ses marmites sont excellentes. Apprenez par vous-même, ne vous arrêtez donc pas à la surface des choses.

— Touché ! C'est une question de diététique ?

— Non, d'*Œuvre au noir*.

— Pardon ?

— Zénon, le héros de *L'Œuvre au noir*, renonce à la viande parce qu'il ne supporte plus de digérer des agonies. Ce détail au détour d'une phrase m'a longtemps trotté dans la tête. Depuis, j'ai décidé de devenir herbivore.

— Décidément, Moana avait raison. Vous n'avez pas le profil très *Dépêches*.

— Moana ?

— Oui, c'est elle qui m'a convaincu de vous emmener en balade l'autre nuit. Elle avait aimé vos papiers sur Victor Ségalen.

— Que ne l'a-t-elle écrit au journal !

En apportant l'addition, Ching riait toujours. Déjeuner chez lui était économique. Ses vannes ne valaient pas cher.

Je retournai aux *Dépêches*. En pénétrant dans le hall, mes yeux se posèrent sur les pages du jour affichées. Quelle nouveauté pouvait donc se vanter de publier le canard des îles ? Rien, rien que du vieux, ressassé, répété, ranci, rassis. Du vieux qui sentait l'éther et la soupe froide. Et le pisse-copie que j'étais, il en bouffait de la soupe, il en vendait, il y allait avec la régularité d'un quotidien.

Dans les salles de travail, une colonie de plumitifs des tropiques s'agitait dans une danse idiote, hypnotisée par la lumière des écrans. À longueur de colonnes, ils empilaient des mots vides, propres. Propres. Les *Dépêches* étaient une immense moto-crotte, une gigantesque pompe à vidange. Dormez tranquilles ! Pendant votre sommeil, elles aspiraient la merde des trottoirs, la boue des lagons, la poussière des atolls. Tout bleu Tahiti, comme les écrans des PC que des crétins bronzés tripotaient en se gonflant d'importance. Importance... Tu parles ! Une bande de nettoyeurs qui avaient bien mérité une médaille du ministère de l'Environnement. Tout était bleu à Tahiti. Le ciel, la mer, les rêves, l'avenir radieux, rayonnant, ionisant. Pas une orchidée fanée dans le paysage. Pas un poisson crevé au fil de l'eau. Pas un chômeur en vue. Amenez le pognon ! Amenez les touristes ! La saison est permanente. Envoyez le fric et l'atome, on prend tout, c'est bon, ça brille. Pioncez, braves gens, Malanda veille, il nettoie votre sommeil.

Je claquai la porte de mon bureau à en faire trembler les murs. Par-delà les parois de verre, je vis des têtes clonées sursauter, surprises, et retourner à leur clavier. Je torchai une nécro sans défaut du défunt, un compte rendu vibrant de son dernier voyage. De quoi me valoir une paix royale pendant quelques jours. J'envoyai le tout pour l'édition du lendemain. J'avais maintenant un peu de temps devant moi pour gratter le corail.

Lundi 29 juillet.

Il n'est pas très épais. Au réveil, tandis qu'il allume sa Camel du petit déjeuner, il se demande s'il n'a pas encore maigri. Il passe la paume de sa main sur ses yeux qu'il étire vers ses tempes. Il n'a pas bien dormi. Il n'aime pas se coucher.

92

Il retarde toujours le moment de tomber dans le sommeil. Résultat : ses repos sont trop courts. Il ne récupère jamais complètement.

Sa main descend sur sa pommette gauche, puis sa joue. Elle s'accroche aux épines de barbe sur la peau. Merde ! La cendre de sa cigarette est tombée dans son café. De toute façon, il n'aime pas le café. Il ne le digère pas, mais il en boit toute la journée. Il lui faut ça pour se tenir éveillé.

En traînant les pieds, il se dirige vers la salle de bains. Au passage, il remonte le store du living. Il soupire, s'apprête à dire une vacherie et y renonce. En se lavant les dents, il allume sa radio.

« Ding, ding, ding... RFO bonjour ! C'est maintenant l'heure de notre flash d'information. Les évadés de Nuutania n'ont toujours pas été retrouvés. Selon des sources bien informées, la police disposerait de pistes sérieuses qui devraient la conduire aux assassins de Baptiste Leclerc... »

Pistes sérieuses... Il sourit, enfin. Il n'y a que ça qu'il aime, les pistes. Il est flic.

En recrachant dans le lavabo l'eau mêlée de dentifrice, il reste un instant immobile devant le miroir. C'est vrai qu'il ressemble à Charles Aznavour.

Une promenade de santé à l'hôpital Mamao ne pouvait pas me faire de mal. Une visite à son directeur me permettrait peut-être de glaner quelques renseignements. Je longeai de longues

avenues bordées de pins et de banyans. À chaque feu rouge, j'étais contraint de déboîter pour
dépasser des vélos et des scooters. Sur les trottoirs, des jeunes filles, chemise nouée au dessus
du nombril, se rendaient au lycée Paul-Gauguin
en bavardant. J'arrivai enfin en vue du bâtiment.
Il formait un bloc massif, compact comme un
paquet de coton hydrophile sous vide. Deux
longs pavillons se déployaient sur ses flancs.
L'ensemble était censé dégager une impression
rassurante. Ce grand corps affublé de ses ailes
évoquait plutôt une gargouille livide guettant le
moment propice pour vous dévorer.

Je garai ma voiture dans le parking réservé
aux visiteurs, croisai quelques blouses blanches
des deux sexes et franchis les portes automatiques qui s'ouvrirent dans un bâillement.

Derrière son hygiaphone, une secrétaire à
peau luisante me reçut avec la chaleur d'une
salle d'opération. Elle se réchauffa un peu à la
vision de ma carte professionnelle. La promesse
d'illustrer par son minois thérapeutique un article consacré aux prestigieuses réalisations de
l'établissement la sortit définitivement de sa
congélation.

En minaudant, elle passa un coup de fil obsé-
quieux au mandarin.

— Bien que vous n'ayez pas rendez-vous,
M. le Directeur peut vous recevoir quelques instants.

En traversant l'hôpital, j'éprouvais un sentiment de malaise. L'angoisse de me retrouver
dans une chambre aux murs brillants où je com-
prendrais que ma vie s'achevait. J'essayais d'imaginer l'horreur succédant à l'espoir fou, les secondes d'oubli et les retours terrifiants vers la réalité,
la timide espérance du sommeil et les réveils cau-
chemars. Dents de scie qui amputent les secondes
ultimes dans le désordre des pensées.

Malgré moi, je hâtai le pas et je poussai la
porte du directeur avec le lâche soulagement du
simple visiteur.

— Ah ! monsieur Mecker ! Asseyez-vous, je
ne peux vous accorder que quelques instants,
mais si cela n'est pas suffisant, nous pourrons
convenir d'une date où nous aurons tout le loisir
de nous entretenir en détail.

— Je vous remercie de votre gentillesse, je
souhaiterais que vous me fournissiez des données sur les pathologies les plus fréquemment
traitées chez vous.

— Il s'agit d'une étude ? Je pensais que vous
travailliez à un article sur la vie de l'hôpital.

Imperceptiblement, mon interlocuteur s'était
mis en garde.

— Je pense restituer les éléments que vous
voudrez bien me communiquer dans le contexte
de l'unité de soins. J'ai besoin d'éléments statistiques sur l'évolution sanitaire de la population

afin de présenter un panorama complet et... de valoriser votre action.

J'avais forcé la dose. La réponse du professeur ne me surprit pas outre mesure.

— Je souhaiterais connaître précisément l'objet de vos démarches. Vous comprendrez que nous ne pouvons vous fournir certains éléments qui relèvent du secret professionnel.

Notre petit jeu était mal engagé. Je me jetai à l'eau.

— Docteur, j'aimerais savoir si, depuis que vous êtes en poste, vous avez constaté une quelconque incidence médicale des essais nucléaires sur la santé des habitants.

Le sourire avenant était resté imprimé mais l'attitude du médecin avait changé imperceptiblement. Les mains jointes, l'extrémité des doigts posée sur le menton comme pour une prière, il prit un instant de réflexion.

— Cher monsieur, je peux vous répondre catégoriquement : non. Cette question m'a souvent été posée et ma réponse n'a jamais varié.

— Bien. Je pense que vous n'aurez pas d'objection à me fournir les données qui me seront nécessaires pour étayer mon papier en ce sens.

— Je peux vous piloter dans l'établissement, vous faire rencontrer le personnel soignant, les membres de mon équipe, mais je vous le répète, certaines données relèvent du secret médical.

— Il ne peut s'appliquer à des statistiques qui portent sur l'ensemble d'une population.

— Je regrette, je ne peux faire plus. Maintenant, si vous le permettez, d'autres occupations me réclament. Si vous le voulez bien, voyez ma secrétaire pour convenir d'un rendez-vous à un moment plus propice. Nous sommes débordés. C'est aussi cela la vie d'un grand hôpital.

Le directeur s'était levé, son éternel sourire aux lèvres.

Je fis l'impasse sur la secrétaire luisante. Elle murmurait au téléphone une série de « oui monsieur » suffisamment écœurants pour que je n'éprouve aucun doute sur le pédigree de son correspondant. Entre deux courbettes sur le combiné, elle me suivit d'un œil méfiant. Je franchis la porte transparente avec la désagréable impression de passer ma vie à me faire éconduire. Prison, journal, hôpital... Le syndicat des directeurs avait décidé de me boycotter. Jusqu'à présent, c'était plutôt réussi. Je n'avais plus qu'une envie : savoir pourquoi.

Dehors, des infirmières jouaient les lézards, affalées sur un banc de bois, le visage tourné vers le soleil, les yeux mi-clos. Leur blouse entrouverte laissait apercevoir des cuisses brunies qui tranchaient sur la pâleur de leur uniforme. Deux ambulanciers qui fumaient, adossés à leur véhicule, admiraient le spectacle. La pause déjeuner apportait ses instants d'abandon.

Je m'approchai des jeunes femmes. Elles sortirent de leur langueur en clignant des yeux sous l'effet de la lumière vive. Je leur servis le boniment d'usage : journal, article, etc. J'avais interviewé le Patron — un homme compétent — mais mon papier serait incomplet sans le point de vue de celles qui constituaient le pivot de la maison : les infirmières. Elles sourirent en se regardant et jetèrent un coup d'œil à leur montre :

— Ouh, là, là ! Nous, faut qu'on reprenne ! Vas-y, toi, Juju.

Juju semblait disposer d'un peu plus de temps que ses camarades. Elle accepta de répondre à quelques questions. Je m'assis près d'elle. Les ambulanciers avaient fini leur cigarette. Ils entrèrent dans l'hôpital.

La fille en blanc était une « demie ». De taille moyenne, ce qui est dans l'ordre des choses. Jolie, elle me gratifia d'un sourire, un peu gênée d'avoir été abandonnée par ses amies. Ses cheveux nattés, colorés au henné, s'enroulaient autour de son cou pour se lover sur son épaule comme un serpent flamboyant.

Je lui posai les sempiternelles questions sur la condition infirmière auxquelles elle répondit avec une gentillesse polie. Je refermai mon bloc. Comme pour prolonger la conversation je m'aventurai plus loin.

— Sur une île, l'hôpital remplit une fonction

encore plus importante que sur le continent. Vous devez faire face à toutes les situations...

— Oui, répondit-elle en passant la main dans ses cheveux, Mamao est un centre pluridisciplinaire complet.

— Je vis à Tahiti depuis peu. Existe-t-il des pathologies particulières en Polynésie ?

Elle me regarda, étonnée.

— Vous voulez dire des maladies tropicales ou exotiques ? Vous pouvez vous rassurer. Peut-être un pourcentage plus élevé qu'en métropole de M.S.T. ou de tuberculose. Prenez vos précautions...

— On raconte tellement de choses, à Paris, sur la pollution marine, les essais...

— Désolée pour le sensationnel. Vous ne verrez pas de mutants ni de monstres à deux têtes. Quoique chez nous, certains auraient bien besoin de deux foies pour éponger ce qu'ils boivent. Mais nous n'avons pas ça en rayon. Rien d'exceptionnel à signaler. Les rares cas sur lesquels nous butons sont envoyés en métropole.

Clic. Un signal venait de s'allumer dans ma petite tête chercheuse. Je souris un peu bêtement à la rousse médicale qui continuait :

— Il s'agit de tumeurs rares qui nécessitent un traitement extrêmement ciblé. Les malades sont transférés à Paris, au Val-de-Grâce. Mais cela concerne un nombre infime de patients. Vous voyez, rien d'extraordinaire.

Elle regarda la petite montre qu'elle portait en pendentif et se leva en rajustant sa blouse.

— Je ne suis pas en avance. Dites, vous m'enverrez l'article quand il sera paru ? Je n'ai pas toujours le temps de lire les journaux.

Je promis et la regardai s'éloigner. Les deux ambulanciers étaient revenus. Ils poussaient une civière à roulettes sur laquelle reposait un vieillard aux joues creusées. Malgré les couvertures, un peu chaudes pour la saison, et le goutte-à-goutte qui bringuebalait au-dessus de son bras, il semblait ravi de sortir.

En quittant le parking, je croisai des cars de gendarmerie qui filaient, fenêtres grillagées. Je sentais peser sur la ville une atmosphère étouffante. Une de ces chaleurs collantes qui précèdent généralement la pluie. Papeete avait son aspect habituel, mais tous ses gestes semblaient saccadés. Les bruits eux-mêmes m'arrivaient avec le décalage d'une bande-son désynchronisée. J'assistais impuissant à la projection d'un film qui se déréglait. Bientôt, la pellicule allait fondre en projetant sur l'écran une tache molle et mouvante. Une odeur de gélatine brûlée emplit ma voiture.

Au carrefour, je fus stoppé par un barrage de police qui interdisait l'accès au centre-ville. Entre les fourgons bleu marine, montaient des rideaux de fumée blanche tandis que retentissaient les détonations caractéristiques des fusils lance-grenades. J'ouvris ma portière, carte de presse en main, et tentai d'avancer. Je fus sèchement bloqué par un C.R.S. Le grésillement d'un talkie-walkie se détacha du magma sonore et je compris que la police allait faire dégager la place. Entre les véhicules blindés, je vis la fumée s'éclaircir. Des manifestants refluaient en se protégeant le nez avec des foulards. Une nuée de casques et de boucliers en plexiglas passa rapidement dans mon champ de vision. Entre les roues des camions, une forêt de rangers noirs martelait le trottoir. Le bruit décrut vers la droite du carrefour et les véhicules militaires refermèrent la rue derrière les forces de l'ordre, libérant les autres artères. Je remontai en voiture, les yeux rougis et le goût amer des lacrymos dans la bouche. Des pancartes jonchaient la chaussée. « Non à la bombe », « Tahiti libre », « Terii vengeance ». Des semelles à clous y avaient laissé leurs traces.

Je filai vers les quais. Le *Moonfleet* se balançait à peine au bout de son filin. J'aperçus Teddy sur le ponton, discutant avec un pêcheur qui rentrait son pahi. L'homme vêtu d'un simple boxer short ramenait des paniers remplis de langoustes luisantes. Tout en parlant, Teddy admirait en connaisseur les crustacés qui s'agitaient les uns sur les autres avec de farouches coups de queue. Les deux hommes éclatèrent d'un rire qui semblait ne plus vouloir s'arrêter. Après s'être

essuyé les yeux, ils se saluèrent en faisant claquer leurs mains l'une sur l'autre. Teddy repartit,
son dîner sous le bras. Tandis qu'il s'approchait,
je sentis ployer dangereusement la passerelle
sous sa démarche.

— Alors, tu as couvert la manif ? me demanda-
t-il.

— Non, j'ai fait un tour à l'hôpital. Il y a quelque chose à tirer de ce côté-là, mais je ne sais
pas encore quoi. Pour le moment, je me cogne
la tête contre des murs.

— Méfie-toi, ils ont un secteur psy...

Tandis que nous regagnions le *Moonfleet*, je
racontai ma visite. La langouste s'agitait dans le
minuscule évier du bord. Ses soubresauts faisaient claquer sa carapace sur l'inox du bac. Elle
semblait davantage intéresser Teddy que le sort
de mes malades transférés. Il fit couler sur l'animal une cascade d'eau froide qui produisit son
effet calmant.

— Il n'y a rien d'extraordinaire à envoyer des
patients à Paris dit-il en s'affairant autour d'un
court-bouillon. Il n'y a pas cinquante hôpitaux
ici. À qui veux-tu adresser les cas que ceux de
Papeete ne peuvent pas traiter ?

— Teddy, le Val-de-Grâce est un hôpital mili-
taire ! Mi-li-taire ! dis-je en martelant les dernières syllabes.

Penché au dessus de son réchaud, il ajoutait
une pointe d'oignon à la potion magique qui

102

glougloutait sur la flamme. Il suspendit son geste et leva le nez. À travers ses lunettes embuées par la vapeur, il me regarda en souriant et lâcha l'oignon dans la mixture.

— On se refait une virée nocturne ?

Teddy ne pouvait pas refuser un service.

Charles Azna regarde le calme revenir sur Papeete. Il n'a pas fallu beaucoup de temps pour nettoyer les rues. Faut dire... Quelques centaines d'énervés. Mille au plus. Une poignée de braillards, deux ou trois agitateurs du Front de libération polynésien qui leur chauffent la tête, et c'est parti. Ça ne dure jamais longtemps. La lutte finale en bermuda, c'est une histoire de canettes. On les vide, on les jette sur les flics et quand y en a plus, on file en vider d'autres. Après ? plus personne. Tout le monde pionce. C'est la cirrhose maousse qu'ils risquent de choper. Pas la balle doumdoum sur une barricade. Quelle misère !

Mais le pire, c'est que ce picolo circus finit toujours par affoler deux ou trois huiles. Ouh ! là ! là ! On ne sait jamais, si les Indiens nous faisaient l'attaque de la diligence version pirogue. Le Little Big Horn sur Moruroa.

Alors on appelle Azna. Y a une tribu à pacifier. Lésine pas sur l'eau de feu.

Pas de problème... Pas de danger... Dormez sur vos trois étoiles, Azna s'occupe de tout. De tout ! C'est pas demain qu'un Géronimo foutra le bor-

del à Papeete City. Vous ne craignez pas la danse du scalp, le massacre de Fort-Apache. Azna est là. Il a peut-être la langue fourchue mais en attendant : il est vingt heures et tout va bien.

Charles Azna laisse retomber les lattes du store. Il allume une Camel, jette une pochette d'allumettes vide dans le cendrier et sort.

Mardi 30 juillet.

Il était deux heures du matin quand nous arrêtâmes la voiture aux abords de l'hôpital. La cime des arbres bruissait sous la brise qui avait enfin remplacé la moiteur de la journée. C'était un temps à flâner en savourant le goût de la nuit. Mais pour nous, Tahiti by night aurait le parfum un peu écœurant du formol.

Teddy grimpa l'escalier aussi vite que le permettait sa surcharge pondérale encore alourdie par la dégustation de la langouste arrosée de vin blanc australien. La mine inquiète, il se planta au guichet des urgences où somnolait un salarié de garde.

— Voilà des heures que j'attends un ami. J'ai peur qu'il ait eu un accident. Pouvez-vous me dire s'il a été admis chez vous ?

Pendant que l'employé consultait les entrées, Teddy s'accouda de toute sa largeur sur le comptoir en masquant la porte. J'en profitai pour me glisser à l'intérieur, direction les bureaux. Je disparus dans l'obscurité du couloir où luisaient des veilleuses bleutées. Derrière moi, le hall baignait dans la lumière vive des néons. J'avançai prudemment, essayant de prendre mes repères. L'hôpital était plongé dans un silence peuplé de souffrances endormies. Aux étages supérieurs, des infirmières de service devaient prendre quelques instants d'un repos tranché de réveils, d'appels et de soins. De l'autre côté, les urgences recevaient leur lot de nez cassés, de veines ouvertes et de comas éthyliques. Mais cette partie du rez-de-chaussée était réservée à l'administration. Je ne risquais pas d'être dérangé. Après quelques tâtonnements, je trouvai le bureau où s'enregistrait le mouvement des malades. Entrées et sorties défilaient sur l'écran de l'ordinateur en diffusant une lueur verdâtre qui donnait à mes mains une teinte cadavérique. Je réprimai difficilement un bâillement quand la mention « transfert » traversa la litanie lumineuse. Trop rapidement pour que je puisse la stopper. Je revins en arrière. Marcel Taunaku, entrée : 3 mai, sortie transfert : 8 juin. Je notai le nom et repris mes recherches. La mémoire du logiciel ne contenait que trois ans de données. Le reste devait être stocké sur des disquettes. Mais j'avais déjà collecté huit noms. Je tapai oui lorsque le P.C. me demanda si je voulais terminer ma session « hospi » et revins au menu initial. Au jugé, j'entrai dans « pathos ». Gagné. Le fichier alphabétique indiquait l'affection de chaque malade, les éventuelles interventions chirurgicales et le traitement suivi. En face des huit noms, un diagnostic s'afficha en petites lettres vertes : disglobulinémie à sydrome Waldenström. La seule variante se situait dans la localisation des métastases. J'ignorais ce que pouvait bien être un Waldenström mais la présence de métastases suffisait pour comprendre qu'il ne s'agissait pas d'un rhume des foins. Je clôturai ma séance multimédia et coupai l'alimentation du P.C. La pièce fut à nouveau plongée dans le noir. À l'aveuglette, j'ouvris les rideaux sur la clarté lunaire. Les arbres se découpaient en ombres chinoises dans les jardins. Au premier plan de ce camaïeu nocturne se dessinait le profil rebondi de Teddy. J'enjambai la fenêtre et me retrouvai aux côté de mon rond copain.

— Alors Sherlock, tu as trouvé ce que tu cherchais ? chuchota-t-il.

— On saura ça bientôt, répondis-je à mon cher Watson.

Qui veille si tard ?
minuit, le grésil
la-bas une lampe

se demandait Ryôta. Depuis plus de deux siècles il avait dû trouver la réponse. Mais de retour chez moi, j'éteignis la lumière, à tout hasard.

Mercredi 31 juillet.

Le requin blanc nageait péniblement entre les barrières de corail, aveuglé par le sable en suspension qui montait des profondeurs en tourbillonnant. Des chocs sourds ébranlaient la roche sous-marine et propageaient des vibrations en ondes successives. Le requin avançait vers l'atoll quand le basalte céda. Il projeta des milliers d'éclats, libérant un soleil insoutenable. La température de l'océan s'éleva brutalement jusqu'à l'ébullition. Le requin fut violemment propulsé en arrière sous l'effet d'une déflagration gigantesque. Il éprouva une horrible sensation d'étouffement et explosa presque aussitôt. Ses lambeaux de chair se mêlèrent aux débris de toutes sortes qui refluaient sous la pression. Dans d'immenses gerbes d'écume, la surface du Pacifique s'ouvrit sur un monstrueux champignon incandescent qui s'éleva en s'élargissant. Le raz de marée ne fut pas long à déferler. Vague après vague, il gifla les carreaux de ma chambre. Une nuée de coquillages cingla les vitres jusqu'à les briser. Un vent humide me fouetta le visage...

Je me réveillai en criant. Dehors il pleuvait. Pendant quelques secondes, je restai en équilibre entre la réalité et le cauchemar qui s'éloignait. Puis je sortis de la nuit et fermai la fenêtre. Le ciel sombre obscurcissait la mer, ridant sa surface de fines gouttelettes. Sur la plage où le sable s'alourdissait de pluie, deux chiens jouaient. Ils s'éloignèrent en s'ébrouant. Les traces de leurs pattes restèrent longtemps imprimées dans des sillons parallèles.

Le malaise du rêve ne m'avait pas quitté. Une longue douche acheva de m'en débarrasser. Je le regardai glisser le long de mon corps, mêlé à l'eau savonneuse. Avec un bruit de succion, il disparut dans la grille d'évacuation.

Enroulé dans un peignoir éponge, je versai de l'eau bouillante sur les feuilles du darjeeling qui se déroulèrent dans la théière. En écoutant Ella chanter sur la platine laser, je téléphonai à Félix pour lui faire part de mes découvertes nocturnes. Il n'était pas très bavard et m'interrompit rapidement. Nous convînmes d'un rendez-vous pour l'après-midi.

La pluie cessa vers neuf heures. Elle avait vidé les nuages qui rétrécissaient comme des baudruches avant de disparaître. Sous la chaleur qui revenait, l'humidité s'évaporait sur la carrosserie des autos en minuscules fumées pâles. Dans le chuintement du caoutchouc mouillé, les roues des vélos entraînaient des myriades de gouttes tièdes en un tournis apaisant. En regardant Papeete sortir de l'averse, je mettais la dernière main à un article sur les bijoux en perles noires d'Anita Ventura exposés à la galerie Oviri. Quand je sortis, je croisai des Jeeps de gendarmerie. Je déjeunai chez Ching d'un soja aux taros et passai par le *Moonfleet* chercher mon contrebandier préféré. Il écoutait le bulletin météo sur sa radio crachotante. Nous nous dirigeâmes vers la Maison des Jeunes. Alors que nous arrivions, Félix semblait soucieux.

— Ne faites pas tant confiance au téléphone, Tahiti vit en ce moment une situation plutôt... tendue. Ce qui nous préoccupe n'a rien d'une aventure sous les Tropiques.

Après Malanda, Félix s'y mettait. C'était la seconde fois en quelques jours qu'on me traitait de journaliste de roman.

— Dites, c'est vous qui êtes venu le chercher, le Rouletabille en vacances. Vous êtes sûr de ne pas en faire un peu trop ?

Il sourit.

— Ne soyez pas susceptible. D'autres on essayé de percer le grand secret et s'y sont cassé les dents. Ceux qui arrivent ici leur carte de visite en étendard sont vite neutralisés. Répandre le bruit qu'il s'agit d'écologistes encartés ou qu'ils émargent aux services secrets australiens et le tour est joué. Avec vous, c'est différent, ne gâchez pas votre atout.

Ma colère était retombée. Je racontai en détail notre séance nocturne à Mamao. Lorsque j'eus terminé, un ange passa. Nous le laissâmes voleter quelques instants.

— Peut-être tenez-vous le scoop, dit Félix. Je vais tâcher de réunir des renseignements sur ces malades et nous pourrons faire le point, demain à la même heure.

Teddy n'avait pas ouvert la bouche. Il se contentait de nous observer à travers ses demilunes. Soudain, il se jeta à l'eau avec toute la légèreté que lui permettaient ses kilos superflus.

— Félix, il faudrait que les choses soient claires, on ne bosse pas pour tes amis du Front polynésien de libération. S'il se passe ici des trucs pas très catholiques, O.K. pour y regarder de plus près. Mais pas pour se faire manipuler.

Je le regardai, interloqué, mais Félix semblait amusé.

— Teddy ! Voilà combien de temps qu'on se connaît ?...

— Ne me la joue pas aux sentiments, coupa Ted. Tu sais de qui je parle. Je voulais que tout soit net. Si ça l'est, à demain.

La poignée de main qu'ils échangèrent me parut plus amicale que leurs propos aigres-doux. L'impression fugitive d'être une pièce rapportée me traversa l'esprit.

110

Je m'en ouvris à Teddy sur le chemin du retour. Tout en marchant de son pas dandinant de canard trop lourd, il daigna éclairer ma lanterne.

— Félix est un chouette type. Tu peux avoir confiance. J'apprécie moins certains de ses copains. Paul par exemple. Il a monté, il y a quelques années, un mouvement pour l'indépendance qui ne fait pas dans la dentelle. Il a trempé dans de sales histoires. Le plastiquage de Françatome et la mort de son P.D.G. figurent à son palmarès. Paul s'en est sorti, mais je me méfie des excités.

Jeudi 1ᵉʳ août.

Joseph se gratte la nuque à petits coups secs. Ce rendez-vous ne lui dit trop rien. D'ailleurs, ces rancarts avec l'autre pot de colle sont toujours une source d'emmerdements. À tous les coups, il va encore lui proposer une sale combine. Enfin, proposer... c'est une façon de parler. Côté libre arbitre, il est limité Jojo. Sur les autres côtés aussi. Ça borne sec un peu partout. Il dit qu'il fait du business. Ça pose son homme. En fait d'affaires, les siennes sont minces. Il deale à droite à gauche, surtout à gauche. On ne le voit pas dans les palaces. Il n'est pas invité dans les villas. Il ne fait pas dans la dope première classe. La paille en ivoire, la ligne dans le poudrier Arpels c'est pas son genre. Lui, c'est plutôt l'accroché du taudis son client cible. Il fait dans le cas social Jojo. Pour un peu, il se prendrait pour une assistante. Dans la grande chaîne de sécurité, il a sa place. Tout au bout, il tient son guichet. À sa façon, lui aussi il met de la pommade sur les bobos. Il sème de la poussière à rêves, de la poudre de perlimpinpin. C'est le marchand de sable qui rend les enfants sages. Le grand sommeil dans la réserve c'est un peu lui. Une pincée dans les naseaux et Cheval Fou se barre dans les grands espaces. Pas de danger qu'il fasse sa danse de guerre.

Et puis, il a Irma, le Jo. Ça aussi, c'est du service public. Mais faut se méfier, l'entourloupe est vite arrivée. Y a pas, faut imposer le respect. C'est le côté patron, petit commerçant. Toujours gaffer que le commis vous gratte pas un quart d'heure. Se faire respecter, il a rien contre Jo, surtout si c'est d'Irma.

Il se gratte à nouveau la nuque, c'est une manie. Son tic de sportif. Un peu comme les tennismen qui attendent la balle. Se dandinent, se touchent le nez, s'essuient le front avec le bracelet éponge ou se soufflent sur les doigts. Lui, il se grattouille la tête.

Pour l'instant, son fond de court ressemble à une allée déserte. Sûr, c'est pas le central. La foule des grands jours est ailleurs. Elle n'a pas vraiment *été prévenue. S'il y a un chat, il est sacrément discret. À cette heure, ils sont tous gris.*

Au bout de la ruelle, une silhouette s'est encadrée. C'est pas trop tôt. Plus vite il saura ce que le pot de colle lui veut...

Jojo va à sa rencontre. Il anticipe, il monte au filet. Ils ne sont plus qu'à une poignée de main. Ploc ! L'autre vient de servir. Jo reçoit la balle en pleine tête. Ça fait comme un bruit d'œuf cassé. Un son sec prolongé par un petit ruissellement gluant. Jojo ne se grattera plus la nuque. À cet endroit, il y a un trou sanguinolent. Allongé sur le dos, ce qu'il lui reste d'yeux regarde les étoiles. Mais Joseph ne les voit plus. Il est parti dedans.

À l'heure dite, nous étions de retour à la maison ordinairement réservée aux jeunes et à la culture. Félix nous reçut dans son bureau. La pièce aux murs décorés d'affiches de spectacle était encombrée d'un désordre sympathique. Sur des étagères plus surchargées qu'un bus aux heures de pointe s'entassaient des bouquins en français et en tahitien. Stevenson, les *Écrits d'un Sauvage*, Levi-Strauss, le théâtre d'Augusto Boal, la place de la femme dans les sociétés océano-polynésiennes, les tikis dans les religions préchrétiennes... Je n'y aperçus nulle trace d'une compilation de mes meilleurs articles. Tant pis pour la culture.

Félix paraissait plus grave qu'à l'accoutumée.

— Je n'ai pas pu recueillir d'informations sur tous les noms que vous avez rapportés de Mamao. En revanche les cinq dont j'ai retrouvé la trace ont un point commun. Ils ont tous travaillé à Moruroa.

Bingo !

— Ils y ont tous été envoyés par la même agence d'intérim : Freetime. C'est par elle que Manu avait été engagé.

Le cyclone approchait. Je jetai un coup d'œil vers Teddy. Il n'avait pas bronché. Décidément, ses rencontres avec Félix ne l'incitaient pas au bavardage.

— Pensez-vous que Manu ait pu apprendre quelque chose à ce sujet ? hasardai-je histoire de.

— Ce n'est pas impossible mais il n'en a jamais fait état.

— Pouvons-nous le voir ?

Félix fit une moue gênée.

— La police est très énervée. Toutes les liaisons passent maintenant par Paul ou Moana. Question de sécurité. Moi-même, je n'ai plus le contact direct. Mais je peux faire acheminer les messages. Je vous préviens dès que j'ai du nouveau.

En sortant de la M.J.C., nous empruntâmes le front de mer. À la hauteur du temple protestant, une voiture de gendarmerie nous croisa. Elle remontait le boulevard Pomaré dans la direction que nous venions de quitter.

Teddy paraissait plongé dans un abîme de perplexité. Il en sortit sans prévenir.

— Écoute, tu auras mis le doigt sur un vilain bobo si ce à quoi nous pensons se vérifie. Mais la mer sur laquelle on navigue ne me plaît pas. Ça sent le courant sous-marin, la déferlante sournoise.

Je lui tapai sur le ventre en le rassurant et nous nous quittâmes. Teddy remonta piane-piane vers le port. Je m'engouffrai dans la rue des Poilus-Tahitiens. D'une allure martiale j'abordai la vitrine de l'agence Freetime.

« *La compétence au service des performances* », proclamait en lettres bleues la devise de la maison. Pour le prouver, des affichettes signalaient les qualifications recherchées : hôtesse acc., meca. bateau, secret. util. windows. Je n'étais rien de tout ça. Avait-on besoin d'un journ. fouin. ? Pour en avoir le cœur net, je poussai la porte. Une moquette du même bleu que le slogan de la devanture me transporta sur son épaisseur synthétique jusqu'à un petit bureau de métal brillant. Sur les murs s'alignaient des posters mignons. Hommes énergiques, casque de chantier et sourire gagneur, femmes décidées, regard tourné vers des éprouvettes. Je sentais déjà gonfler en moi l'esprit Freetime. Un « Monsieur, que puis-je pour vous ? » me fit sursauter.

Derrière le bureau d'acier, un homme jeune moulé dans le même métal me souriait, sûr de lui, conquérant. Il me fut aussitôt antipathique. En m'asseyant dans le fauteuil nouille et chrome qu'il m'indiquait, je lui offris néanmoins mon rictus le plus Freetime. Il me gratifia d'une poignée de main énergique que je lui rendis virilement. Nous avions l'air aussi cons qu'une publicité pour un après-rasage. Cela sembla lui plaire. Je me présentai en essayant de conserver à ma mâchoire l'aspect volontaire que je lui avais imprimé.

Journaliste au grand quotidien polynésien, je souhaitais présenter à nos lecteurs tous ceux qui font bouger les îles. Décideurs, créateurs... Une véritable série de portraits. Mieux, une saga. Le team Freetime y avait sa place, toute sa place. Allier liberté et performance, c'était un challenge. Conjuguer souplesse et compétence, c'était un concept. Freetime était moderne, Freetime devançait, Freetime gagnerait.

Je relâchai un peu les maxillaires sous l'effet des crampes. Je n'étais pas habitué à l'effort prolongé du faciès golden boy. Pris de court par le tourbillon, il bredouillait, ne savait plus, semblait grisé. Il se reprit très vite pour me servir un baratin genre publi-reportage appris dans un module de formation adaptée. Nous avions l'air de plus en plus cons. Il aimait de plus en plus.

Sa chemisette bleu moquette se gonflait de suf-
fisance.

Tandis qu'il m'exhibait des courbes et des gra-
phiques, sa pomme d'Adam montait et descendait au-dessus de son col fermé par une cravate
club. Je pensai aux bulles de l'océan. Celles
qu'avaient dû laisser Terii et Nestor en se noyant.
Celles qui bouillonnaient dans mon cauchemar
de la veille. L'accélération de mon ventricule
gauche me fut perceptible. Je laissai le type dévi-
der son écheveau de foutaises. Ce fut long, il
avait mis le paquet. Lorsqu'il eut terminé, il
n'était pas question de le laisser reprendre son
souffle. Sa brillante synthèse m'avait définitivement convaincu que Freetime et lui méritaient
bien de figurer au palmarès des *Dépêches*.

Ah !... Nous allions omettre le volet social
de l'entreprise. Bien sûr, les qualifications de
pointe, bien sûr la noblesse des métiers, mais les
petits, les obscurs, les sans-grade avaient-ils aussi
leur place parmi les élus ? Freetime ne pouvait
pas, j'en étais persuadé, les laisser à la porte.

Nouveau petit temps d'attente. Quelque part
dans son cervelet, un bras automatique devait
chercher une disquette réponse. Clac, elle était
en place.

Non, évidemment, société tahitienne fragile,
fracture sociale, nécessité de prendre en compte
des femmes et des hommes qui, bien qu'exclus
des systèmes de formation, pouvaient apporter

un « plus » aux secteurs clients. La machine n'avait pas encore — heureusement n'est-ce pas — suppléé à toutes les fonctions peu qualifiées.

— Voui, voui, voui.

J'opinais, j'approuvais, mais des exemples, le lecteur voulait des exemples. Quelles entreprises ? Quels types de boulots ? Quelles fréquences ?

Il me sortait des dossiers, des listes.

Oui. Le Club Soleil, McDo, bien. Mais encore, rien de plus, enfin de moins...

Il comprenait, il fallait valoriser davantage : le secteur de la culture des perles, très en pointe, les fermes marines, l'avenir... Euh... Il séchait. Je l'aidais :

— Le C.E.P. ?

Clic, le bras chercheur devait se promener à nouveau dans le cervelet.

— Oui, parfois... le C.E.P.

— Quel genre de travail ? Quel profil ? La durée des missions ?

Cliclacliclac.

— Euh ! l'entretien, des choses comme ça mais...

— Entretien ? Nettoyage ? de quoi, des bureaux, de l'atoll ?

Mon oreillette avait rejoint mon ventricule dans son tamuré désordonné. Je ne supportais plus les hauts et les bas de sa pomme d'Adam, les bulles de l'océan. Rien ne marchait comme je voulais. Je lui balançai mes cinq noms comme un tir automatique. J'envoyai les trois autres en deuxième rafale, ça ne pouvait pas faire de mal.

— Vous les avez tous employés. Vous les avez tous envoyés à Muru. Il sont tous en train de crever à Paris, c'est quoi cette histoire ?

Cicliclciclic, le petit bras ne trouvait plus rien dans la tronche vide du beau bronzé qui transpirait.

Il se leva, me demanda qui m'envoyait. Il me pria de repasser plus tard. Je lui ordonnai de me répondre. Aïe, tout ça allait mal finir. Il se dirigea vers la porte et l'ouvrit :

— Sortez !

Derrière le bureau une autre porte s'était entrebâillée.

— Que se passe-t-il, Philippe ? susurra une beauté brune en émergeant.

Elle nous rejoignit, me toisant d'un :

— Monsieur ?

Elle n'avait pas eu le bon réflexe. Le chemin était libre. Je me levai et m'engouffrai dans la pièce qu'elle venait de quitter.

Fermeture.

La poignée s'agitait, on me criait d'ouvrir. Je n'étais pas contrariant. Armoire, tiroirs, j'ouvris tout. Les disquettes étaient là rangées chrono, par année. Quatre d'entre elles finirent dans ma poche. De l'autre côté, Philippe le Beau et Betty Boop avaient reçu du renfort. La cavalerie tambourinait. Pas longtemps. J'avais déjà sauté par la fenêtre.

Après tout, si on lui caresse trois fois le visage, même le Bouddha se met en colère. Alors... autant battre le fer... Je freinai ma course devant une cabine téléphonique et composai le numéro de l'agence d'intérim. Le Philippe fut pour le moins surpris de m'entendre.

— Allo ! Écoutez, mon vieux. Dans mon genre, je suis tout ce qu'il y a de plus performant. Un vrai Freetime boy. Maintenant, je vais vous laisser quelques secondes de réflexion, bluffai-je. Les disquettes que je vous ai empruntées sont en route pour les *Dépêches* par porteur spécial. Démerdez-vous avec la police, dites-leur que vous avez eu affaire à un dingue, n'importe quoi. Mais un mot sur moi et je vous mouille jusqu'au coup sur cinq colonnes à la une. Je retourne au journal. Qu'on vienne m'y emmerder et c'est vous, vous, qui plongerez. Croyez-moi, Freetime sera ravi d'avoir une branche morte à couper. À vous de voir si votre boîte a mérité que vous sautiez pour elle.

En sortant du taxiphone, je savais que je pouvais dormir tranquille... Au moins pendant quelques nuits. Mais avant de me livrer à Morphée, j'étais impatient d'écouter les belles histoires des quatre petites puces savantes que je serrais dans ma poche. Enchâssées dans leur rectangle de plastique, je les sentais sautillantes à l'idée de parler.

Aux *Dépêches*, c'était l'heure de la sortie. En essuyant quelques fines plaisanteries sur mes horaires décalés, je remontai le flux et gagnai l'étage de la rédaction. Les salles étaient à peu près vides. Dans les couloirs, Rita, la technicienne de surface, passait l'aspirateur en chantonnant d'un air résigné. Des bruits de conversation filtraient du bureau de Malanda. Une maquettiste prenait de l'avance pour le lendemain. Elle traçait des figures invisibles sur son tapis, sans quitter l'écran des yeux. Son index transmettait ses ordres à une souris de bakélite qui faisait apparaître des photos et des titres. Les petits animaux de l'informatique étaient sacrément bien dressés.

Dans les pièces désertes, les ordinateurs dormaient comme des cages parées pour la nuit sur le marché aux oiseaux.

Je réveillai mon P.C. Il ouvrit son œil unique, avala sans rechigner sa ration de disquettes et me fournit les infos que lui chuchotaient les puces.

Je me demandai si je n'étais pas gagné par la phobie animalière du delirium tremens.

Quelques instants plus tard j'étais sûr du contraire. J'avais bel et bien les pieds sur terre. Et en dessous, ça ressemblait à une décharge d'ordures. Sur les trois ans écoulés, mes cinq gars avaient bossé sur l'atoll à plusieurs reprises. Mais tous y avaient séjourné voilà quatorze petits mois. Juste après l'accident.

Je restai à retourner les données du problème. Dehors, le soir tombait. La maquettiste était partie depuis longtemps. Plus un bruit côté Malanda. Je toquai à sa porte. Pas de réponse. Qui ne dit mot consent : je me glissai dans la caverne du fauvillon. Le Purodeur à la violette sauvage généreusement vaporisé par Rita flottait encore en nuées synthétiques. Ça sentait les chiottes propres, chez le maître des *Dépêches*.

J'ouvris au hasard ce qui n'était pas fermé. L'inventaire était aussi peu excitant qu'un sommaire du journal.

Le seul tiroir qui offrit une brève résistance ne libéra qu'un bâillement. C'est en le refermant que je tombai sur la photo. J'en restai assis. Pas d'erreur possible, la belle Mme Leclerc, couchée format 13 × 19, passait ses nuits dans le tiroir de Malanda. Quant à l'original... le petit mot écrit au verso du cliché laissait peu de doutes. Voilà qui éclairait d'un jour nouveau la touchante scène des obsèques. Malanda cachait bien son jeu. Je ne parvenais pas à l'imaginer en latino lover, et pourtant... Pauvre Leclerc. Autour de lui tout le monde avait pris le large. Sa femme comme ses pensionnaires.

Je refermai le lit clos de la jolie veuve en papier glacé et je m'attaquai à une armoire basse à la serrure compréhensive. Parmi les dossiers rangés serré dans leurs reliures de carton, je ne fus pas long à dénicher ce qu'à tout hasard j'espérais. La fibre journalistique de Malanda avait beau s'être émoussée depuis belle lurette, il n'avait pas perdu tous ses réflexes. Il avait pris soin de conserver un double des documents de Manu avant de les rendre à leur propriétaire. Sans ma ronde de nuit, ils auraient continué à jaunir tranquille dans leur petite boîte. Pourtant, ils n'avaient rien d'anodin.

Le bilan immédiat de l'accident était connu. Mais les pépins ne s'étaient pas arrêtés là. La bombe en explosant au milieu du puits avait provoqué des effets en chaîne. La roche, ébranlée par le choc, s'était fissurée, lâchant un morceau d'atoll dans l'océan. Le mini raz de marée qui avait suivi le plouf en fusion ne s'était pas contenté d'asperger la zone. Les vagues étaient reparties comme des voleuses en emportant quelques plaques de goudron. Et le goudron en question ne ressemblait en rien à celui des autoroutes. Mieux valait ne pas trop passer dessus si on ne voulait pas mettre ses pieds dans une drôle de mélasse. Il avait servi à fixer le plutonium au temps où les tirs se faisaient dans l'atmosphère... À cette heure, il devait se balader entre deux eaux, radioactif pour quelques milliers d'années.

Pauvre Manu qui pensait que Malanda allait jouer les Zola du Pacifique. Son « J'accuse » brûlant dormait au fond d'une armoire à peine fermée et lui, il avait gagné dix mois à Nuutania.

Il pouvait toujours se consoler. Il y était mieux qu'au Val-de-Grâce où ses copains pourrissaient bouffés par le crabe. Quel genre de boulot leur avait été confié n'était pas très sorcier à deviner. Un nettoyeur, ça nettoie. On n'a pas besoin de lui dire quoi. Ça tombait à pic, on ne leur avait pas dit. Et en prime, mes cinq M. Propre en intérim avaient ramené la tornade blanche dans leurs serpillières. Ils ne risquaient pas d'alerter le Comité hygiène et sécurité. C'était ça, la performance Freetime.

Je n'avais pas perdu ma soirée. Je repartais aussi chargé que l'Enola Gay. Avec dans mes soutes une bombinette à double détente.

Vendredi 2 août.

Je ne connais rien de plus niais que le scooter des mers. Sauf peut-être les motos à rouler dans les dunes ou les vélos à grimper dans la caillasse ou les élastiques à sauter la tête en bas. Enfin, tous ces trucs qu'on fait quand on s'emmerde tant qu'il faut s'inventer des passe-temps. Passer le temps. En voilà encore une idée idiote. Il faudrait le regarder le temps, le sentir, s'en imprégner. Mais se dandiner sur les vagues genre veau marin sur plaque chauffante ou sauter d'un pont comme un gros piaf qui oublierait d'ouvrir les ailes, tout ça pour oublier qu'il passe, le temps, je ne voyais pas bien la noblesse du geste.

Pauvres Tahitiens. Ils n'avaient pas été gâtés par les arrivages. Pour un Gauguin ou un Brel, combien avaient-ils dû s'en taper des surfers d'argent body-buildés et des Barbie siliconées ?

Aujourd'hui, il y en avait un paquet. C'était jour de course, de compet'. Ça se pressait sur la plage pour voir passer les deux-roues sans roues qui claquaient l'océan en sautillant. Vraoum ! Gilet Sevylor autour des pectoraux et Vueharnais sur le museau, les héros filaient, cheveux au vent, dans la fumée bleue et l'odeur du fuel.

Bien sûr, les *Dépêches* sponsorisaient l'événement. Bien sûr, il fallait le couvrir. Et bien sûr, au Loto Malanda, j'avais encore joué les bons numéros. Malanda. Depuis la veille, il n'avait pas cessé de m'obséder. Leclerc lui avait rendu une fière chandelle en se jetant sur une balle passante. Pourtant, je le voyais aussi mal dans le costume de flingueur que dans celui du séducteur. Et si on se l'imaginait tout nu ? Petite silhouette à découper, comme dans mes illustrés de gamin. Cher petit ami, jouons un peu. Les *Dépêches* t'offrent un Malanda à habiller. Quelle tenue lui ira le mieux ? Depuis cette nuit, je savais qu'il en avait déjà enfilé plusieurs. Alors une de plus, pourquoi pas ?

Vraoum ! Les scooters fonçaient à plein régime, comme les idées saugrenues dans ma tête. Qui étouffe l'accident ? Qui balance Manu ? Qui me retire la couverture de l'évasion ? Qui se cache dans le placard de la fidèle épouse ? Malanda, Malanda, Malanda, Malanda. Vraoum !

Les haut-parleurs annonçaient le dernier tour. Les scooters scootaient toujours. Ils finissaient de balancer leurs baffes au Pacifique qui ne leur avait pourtant rien fait.

« La course est une insulte à la mer », avait jeté Moitessier du haut de son *Joshua*. Et encore, il ne connaissait pas les mobylettes marines.

Enfin, ça se terminait. Coupe, applaudissements, champagne, musique, bise à Miss Tahiti. Bises à tout le monde, c'était l'heure de rentrer livrer mon pensum.

Je le rédigeai distrait. En temps ordinaire, je n'en aurais déjà pas fait un sujet de thèse. Mais là, ma tête encore coincée dans le dédale des questions, je ne parvenais pas à lui trouver le plus petit soupçon d'intérêt. Chapitre soupçon, ceux que j'avais engrangés depuis quelques heures me travaillaient comme une douleur sourde.

Je ne pouvais pas débarquer chez Malanda et lui annoncer que je voulais la une pour l'édition du lendemain... et celle des jours suivants. J'avais le choix des titres : « Moruroa : esclaves de l'atome et chair à neutrons », « Nuutania : les évadés innocents, un directeur de presse coupable d'assassinat »... Pourtant, le fait divers, la colonne à sensation, elles aimaient ça les *Dépêches*. Ça épiçait un peu leur bouillie. Et j'avais de quoi leur en tartiner, du piment. Un peu plus relevé que le bain de minuit tragique ou l'amour au soleil. Mais voilà, mon problème était insoluble. Jamais « le plus grand quotidien de Tahiti » ne publierait une ligne compromettante sur l'accident. Sauf si je parvenais à déclencher une révolution de papier. Je voyais déjà le synopsis. Des journalistes englués dans le conformisme se soulèvent devant les injustices qui pourrissent le monde clos de la Polynésie française. Un grand film dans la tradition du cinéma humaniste hollywoodien. Dans le rôle du héros, Thomas Mecker, dont on avait déjà pu admirer le talent dans « Les Bronzés au Club Soleil » ou « Le Scooter de la mort ».

Mouais...

Difficulté numéro deux, j'allais un peu vite en besogne. Malanda était l'amant de la veuve. Et alors ? Rien ne permettait d'en faire un feuilleton. Il avait étouffé l'accident ? Allons... Il avait restitué des documents volés, en brave citoyen qu'il était. Rideau.

La mise à feu n'était pas prête. Il fallait creuser le puits encore sur quelques mètres pour que ma petite bombe puisse exploser bien au chaud.

Bref, j'avais besoin de Teddy et de Félix.

Quelques heures plus tard, installé à bord du

Moonfleet, j'avais eu tout le loisir de juger de l'effet produit par mes découvertes. Le sourire grand guru avait déserté le visage de Félix. Teddy et ses bières avaient émis des pffft gazeux desquels la surprise n'était pas absente. Ted m'avait exhibé la dernière des *Dépêches*. J'aurais dû prendre l'habitude de lire la feuille de chou qui me nourrissait. J'y aurais au moins appris qu'on avait retrouvé le corps d'un certain Joseph Fafaara, revendeur de drogue bien connu de la police pour ses activités suspectes. Règlement de comptes entre dealers, concluait l'entrefilet.

En fin de soirée, nous nous étions quittés en répartissant le travail. Teddy surveillait les allées et venues de la veuve. Félix allait aux nouvelles auprès des évadés. Il me revenait de serrer Malanda d'un peu plus près.

Lui lâcher dans l'ascenseur « Alors, Malanda, comment vont les amours ? » Pas terrible. Lui hurler à l'heure du déjeuner « Malanda, je sais tout » ? Pas génial. Je me faisais penser à un nono, ce minuscule moustique horripilant qui pullule sur les îles. Bzzzz !

Bzzzz ? Après tout, pourquoi pas ? Bourdonner un brin autour du bourreau des cœurs pouvait toujours l'énerver un peu. Après, nous verrions bien...

Bzzzz !

Samedi 3 août.

La tache de café noir s'élargit sur le carton rouge du parapheur. Elle ressemble à une de celles qu'on utilise dans les tests psychologiques. Malanda la regarde, fasciné. La bouffée de chaleur qui empourprait son visage est descendue brutalement. Il sent son corps devenir aussi froid que si on lui avait injecté de l'azote. Maintenant, toute chaleur a disparu, elle l'a quitté par ses extrémités. Il est glacé. Sa main tient encore la lettre qui l'a figé, gelé. Sur la feuille dont il ne peut se défaire est reproduite la photo de la belle Mme Leclerc aux obsèques. En dessous, quelques lignes qui s'impriment en lui comme une marque sur la peau :

ON LES BALAIE
PUIS ON LES LAISSE
LES FEUILLES MORTES.
BRAVO MALANDA, TU AS LE CHAMP LIBRE,
PAUVRE LECLERC.

Times new romain, petites cap. Machinalement, il a détaillé les caractères imprimés.

Les questions s'entremêlent. Dans sa tête, c'est une panique de mots. De l'air ! Ils étouffent. Ils veulent sortir, ils se percutent, s'écrasent, grimpent les uns sur les autres. Au milieu de la cohue, des phrases finissent par s'extirper. Elles s'expulsent par son front, par le sommet de son crâne.

Qui a écrit ça ? La question est vite rattrapée, dépassée. Une autre court derrière, la bouscule, la piétine. Qui a lu ?

Si cette lettre est arrivée par la poste, Sophie, la secrétaire, l'a forcément ouverte. C'est son travail de répartir le courrier. Et si elle a lu, elle sait. Elle en a peut-être déjà parlé. Onze heures. La nouvelle a déjà fait le tour des étages. Les autres secrétaires d'abord, puis les journalistes, les maquettistes, les pigistes aussi. Maintenant, à travers la tache de café, il la voit sortir sur les motos des photographes, dans le side-car des livreurs. « Demandez la dernière édition. Assassinat du directeur de Nuutania : l'enquête rebondit. Un patron de presse entendu par la police. »

Il regarde à nouveau le papier menaçant. Pas d'enveloppe... Sophie laisse toujours les enveloppes avec le courrier. La lettre peut très bien avoir été glissée dans le parapheur. Alors le corbeau est ici... Pas de panique. Si c'est le cas, personne d'autre n'est au courant. Ténu, fragile, l'espoir renaît. Malanda s'y accroche. La peur passe au second plan.

Lundi 5 août.

Au point presse, Malanda avait paru distrait. Lui, qui donnait son avis sur tout, n'avait émis que quelques appréciations. De pure forme. La sienne ne paraissait pas olympique. La réunion fut plus courte que d'habitude. Lorsqu'elle fut terminée, je me glissai parmi les disciples qui l'escortaient toujours jusqu'à son bureau. Ils ressemblaient à des internes d'hôpitaux suivant le maître rebouteux. D'ordinaire, Malanda laissait tomber une petite phrase comme il aurait jeté une pièce à une horde de mendiants. Aujourd'hui, sa cour devrait se contenter de ouioui, nonnon laconiques. Les plus faux derches ne se décourageaient pas pour autant. Ils s'apprêtaient déjà à décoder son silence comme autant de conseils destinés à ceux qui étaient seuls capables de les entendre. Je m'approchai du grand homme fatigué. La main posée sur la poignée de la porte, ses traits semblaient s'être creusés. Laissant là ses fidèles, il pénétra dans le sanctuaire. Son bureau. Le Bureau.

En s'asseyant, Malanda ressentit à nouveau le malaise de la veille. Comme un wagonnet du grand huit lancé à pleine vitesse, son sang descendait dans ses veines, ne laissant derrière lui qu'un froid intense. Son cœur se décrocha, marqua un interminable temps mort puis reprit ses battements. Leur rythme était irrégulier.

Times new romain, petites cap. Sur le papier plié qu'il venait de ramasser, les caractères étaient identiques à ceux de la première lettre.

LE FEU D'ARTIFICE TIRÉ
TOUT LE MONDE S'EN EST ALLÉ
IL FAIT BIEN SOMBRE !

ATTENTION MALANDA, JE VAIS ALLUMER.

Le correspondant anonyme avait repris la même photo. Imprimée en plusieurs exemplaires, du format timbre poste au modèle carte postale. Sur la plus grande le patron des *Dépêches* apparaissait distinctement.

Malanda est effondré. Incapable de fixer ses pensées plus de quelques secondes. Devant ses yeux, c'est un film catastrophe qui se déroule en accéléré. Tout craque et se fendille. Ça explose de partout. La morsure de la peur s'était atténuée ? Furieuse, elle est revenue en force. Elle n'aime pas ça se faire oublier, la peur. Hier, ce n'était qu'un début, une entrée en matière. Mais le corbeau ne va pas s'arrêter là. Ils sont peut-être plusieurs... Oui, plusieurs, un vol d'oiseaux noirs qui obscurcit le soleil comme un sale nuage, une éclipse dégoûtante.

Malanda ne peut pas garder tout ça pour lui.

Il étouffe, c'est trop lourd. Partager son angoisse c'est alléger d'autant le poids qui l'écrase. Il ne veut pas rester seul. Il ne supporte plus d'être enfermé à l'intérieur de lui-même. Il cherche une issue, une sortie de secours. Le téléphone est devant lui. Malanda décroche le combiné comme on ouvre une porte.

— *Je vous avais dit de ne jamais m'appeler ici !*

L'imbécile. Il n'a aucun self-control. Il perd les pédales à la première difficulté. Aussi mou que Leclerc, l'autre crétin dans sa prison. Encore un cas celui-là ! Avoir vent d'un secret d'État et s'en servir pour titiller l'amant de sa femme. Quel nain !

Charles Azna a raccroché sèchement. Il ne peut se fier à personne. Il n'a autour de lui qu'une bande de minus. Pas un qui le mérite sur cette putain d'île. Tu parles ! Une île flottante oui. De la crème, de la gelée. Tout tremblote, flanche, coule. La trouille, c'est la spécialité du coin, l'entremets local. Il n'en trouvera donc aucun qui y résiste ?

Malanda, dès le début il avait prévu qu'il flancherait. Rien qu'à regarder son visage. Un flan. Un vrai flan. Il se demande même comment il a pu tenir jusqu'ici. La pâââssion, l'âââmour ! À tous les coups. Mais comment il a fait pour la séduire ? C'est tout de même incroyable. Lui, Azna, il se contente d'Iréna et de ses copines pendant que l'autre mollasson se tape la veuve. C'est sidérant ! Et le mari qui faisait sous lui à l'idée de perdre sa perle de corail. Fallait qu'il finisse par s'en mêler aussi, celui-là. Pouvait pas continuer à jouer avec ses prisonniers. Même pas foutu de les tenir un peu.

En attendant, il a pris un coup de chaleur le flan. Il est en train de caraméliser. Va falloir le rafraîchir avant que ça ne sente le brûlé. Pin-pon, pin-pon... qui va s'y coller ?

En glissant son flingue dans son holster, Azna se sent un peu fatigué. Il fait vraiment tout sur ce caillou.

Mardi 6 août.

Tout a commencé alors que la journée s'installait sur Papeete. Comme un montreur de marionnettes, le matin actionnait ses fils invisibles. Il en vérifiait la tension avant le spectacle. Il enroulait les rideaux de fer des boutiques dans un tremblement métallique. Il ouvrait les volets des villas sur des petits déjeuners de nappes blanches et de confitures. Des enfants jouaient sur les terrasses. Près de la cathédrale, le marché préparait ses ardoises et réglait ses balances. Ching devait déjà s'activer.

Les rues répétaient le prologue de leur premier mouvement. Un, deux, trois ! Un, deux, trois ! Avancez sur le front de mer. Oui, comme ça. Un peu plus vite dans l'autre sens ! Attention ! Là, vous vous croisez. Bien... Prêts ? Attendez, les autos ! Feux rouges... Un, deux, trois ! Un, deux, trois ! Moteur !

À l'hôpital, le café avait depuis longtemps succédé au thermomètre. Les infirmières de nuit dormaient enfin. Les couloirs résonnaient de sandales à claquettes et de chariots poussés.

Sous mes fenêtres, les jets d'eau mécaniques vaporisaient les pelouses, alourdissant l'arôme des hibiscus et des jasmins.

La matinée avait une senteur d'herbe humide, de fleurs et de thé. J'écoutais John Coltrane jouer *A Love supreme*. Le chant cuivré de son sax ténor s'enroulait sur l'océan comme un serpent de mer mystique. Seule la rythmique le retenait encore sur terre.

À la fin du morceau, je les ai vus. Plantés en petits groupes comme ces tableaux humains qui imitent l'immobilité des statues avant de s'animer. Ils ont ondulé, hésitants. Deux d'entre eux se sont détachés et ont couru sur le trottoir. C'est la vitrine de la banque qui a volé en éclats la première. Les tableaux humains se sont scindés en taches mobiles, et des fontaines de verre cassé ont jailli dans un bruit d'étoiles brisées. Les mouvements s'étaient accélérés. Dans un drive-in improvisé, les conducteurs assistaient de leur voiture à un happening surprise dont ils ne comprenaient pas le sens. Une foule, jeune, sauvage, prenait possession de la rue. Les premiers véhicules avaient pu se frayer un chemin en évitant les émeutiers indifférents à la circulation. Maintenant, la foule avait grossi. On ne passait plus... Vert-orange-rouge-vert, les feux de croisement alternaient leurs couleurs en bégayant, impuissants. Leurs lumières affolées s'agitaient sur des demi-tours et des créneaux fébriles. Trafic bloqué, la chaussée se couvrait de peinture jetée en cris noirs et rouges dans le vacarme qui montait. Propulsée sous la pression des aérosols, la colère giflait la rue en tags cinglants.

Le premier moment de stupeur passé, je me jetai dans l'escalier. Devant l'immeuble, retranchés sur la pelouse, les voisins figés regardaient incrédules des jeunes gens qui couraient en tous sens. Je me laissai emporter vers le centre du typhon. Sur son passage, les voitures en stationnement se balançaient de toute leur suspension avant d'être retournées.

Au centre Vaima, la pagaille était totale. Elle prenait des allures de joyeuse razzia. En gerbes d'éclats, les pillards jaillissaient des devantures éventrées, les bras chargés de butin. Vêtements, magnétoscopes, chaînes hi-fi. C'était le jour J des bonnes affaires. Remplissez vos paniers, chargez vos caddies, tout doit disparaître ! Dans la grande folie gratuite, un bric-à-brac nouveau style jonchait les trottoirs et la rue.

Ça partait vite et de partout. Débarrassons caves et greniers, service rapide assuré.

Au coin d'une boutique dévastée, un jeune homme observait le bordel ambiant sans s'y mêler vraiment. Sa présence calme détonnait dans l'agitation dévastatrice. Plus loin, une silhouette identique se détachait dans la fumée noire d'une camionnette en flammes. À y regarder de plus près, ils sentaient les gentils organisateurs. Pas de ceux qu'on rencontre au Club Soleil. Ceux-là venaient aussi d'un camp, mais pas de vacances. Ou alors sportives, entraînement et agit'prop. Lorsqu'un peu de vent fit tourner la fumée, je distinguais le visage de la seconde silhouette. Un visage connu. Pour la circonstance, il avait troqué le ukulélé contre la batte de base-ball. Bonjour Jonas !

Je n'eus pas le temps d'aller le saluer. La police arrivait dans un hurlement de sirènes. En quelques instants, le quartier fut bouclé serré. On ne sort plus. Dans les éclairs des gyrophares, les petits hommes bleus descendaient des fourgons grillagés. Ils ne traînaient pas en route. Visières baissées, boucliers levés, godillots crantés, lance-grenades armés, la Légion sautait sur Tahiti. Des pillards avaient pris la tangente, mais le gros des émeutiers s'était regroupé. Ils n'avaient pas l'air effrayés par leurs vis-à-vis. C'était l'instant Sergio Leone où le temps se suspend et les regards se cherchent. Il fut de courte durée. Les premières patates chaudes atterrirent à nos pieds en libérant leur gaz. Vlaoum ! Les battes de base-ball ne faisaient pas que dans le verre pilé. Ils devaient avoir de sacrées équipes dans les banlieues. Les projectiles fumants repartaient directement semer leur trouble irritant chez l'adversaire. L'effet de surprise est toujours payant. Ça flottait un peu chez les Martiens. Les rangs n'étaient plus aussi rectilignes. La deuxième vague leur arriva sous forme de cocktails allumés. Quand la première voiture de gendarmerie prit feu, le délire éclata autour de moi en couvrant le bruit des explosions. Les manifestants ne laissaient pas aux forces de l'ordre d'espace suffisant pour charger. Pas de débandade. Ils en voulaient, ces petits, ils avançaient prêts à en découdre au corps à corps, balançaient leur camelote enflammée et reculaient de quelques pas pour laisser leurs potes passer la seconde couche. Je pensai à Terii, à Nestor, aux irradiés... Finalement, je ne me sentais pas de trop de ce côté de la barricade.

— À quoi tu joues ?

La voix de Teddy me cueillit en pleine exaltation révolutionnaire.

— T'es pas là où il faut, ils foutent le feu aux *Dépêches*.

Les véhicules blindés avançaient. Canon à eau en batterie, ils arrosaient la rue. On ne résiste pas à ce truc-là. Les émeutiers refluaient vers

138

une voie perpendiculaire. Nous leur emboîtâmes le pas. Rapide, le pas. Au bout de la rue, une barricade bloquait les gardes mobiles, permettant une dispersion savamment pensée. Pas la peine de nous dessiner le plan de la ville.

Quelques instants plus tard, un peu à l'écart de la folie qui se répandait dans Papeete, Teddy m'expliqua le scénario. Le feu avait pris simultanément dans plusieurs quartiers. La police était débordée. Les manifestants s'en étaient pris à l'immeuble du journal aux cris de « presse pourrie, Malanda assassin ».

Mon ardeur retomba comme une feuille morte. Quand je la vis toucher le trottoir, je me sentis beaucoup moins bien.

— Je ne comprends pas, bredouillai-je, ne comprenant que trop bien.

— Putain, c'est Paul ! cria Teddy. J'avais raison de me méfier. Ce con n'a pas pu attendre. Il a fallu qu'il déclenche son cirque.

Horreur et désolation nous attendaient devant les *Dépêches*. Les premiers étages de l'immeuble me regardaient avec un air de reproche de leurs yeux crevés. Des flammes s'échappaient d'une fenêtre sur laquelle les pompiers déversaient des trombes d'eau. Des bureaux cabossés et des chaises cassées finissaient leur vie sur le trottoir, près d'un moniteur à l'écran éclaté. Sur les murs, de drôles de frises s'étalaient en lettres grasses. Leurs motifs étaient bien loin des tapas traditionnels.

MALANDA ASSASSIN
TERII VENGEANCE
TAHITIENS IRRADIÉS, MALANDA
COMPLICE

J'étais dégrisé. À vrai dire, je me demandais si, à un moment ou à un autre, je n'avais pas commis une légère connerie.

Nous n'avions plus rien à faire au journal. Un petit tour à la M.J.C. s'imposait. Si elle était toujours debout...

Sur le chemin, des petits groupes nous dépassaient en courant. Les fuyards qui n'avaient pu échapper à la nasse policière étaient poursuivis par la gendarmerie. Elle n'avait jamais tant mérité son qualificatif de mobile. Les affrontements s'étaient déplacés à l'autre bout de la ville. Papeete ressemblait à un château de cartes renversé. Il n'y avait plus beaucoup de voitures dans les rues. Celles qui ne brûlaient pas s'étaient évanouies, laissant la chaussée aux cars des pompiers et des forces de l'ordre. Variations en rouge et bleu, la symphonie du matin s'était emballée. Elle avait viré free jazz. Ça pin-ponnait dans tous les sens. Dans une tonalité de flipper électronique, les ambulances et les voitures rapides des flics ajoutaient leurs avertisseurs à la cacophonie ambiante.

Les villas avaient refermé leurs paupières de fer. Systèmes de sécurité en alerte, elles se calfeutraient en attendant que s'éloignent les sauterelles. Autour des piscines, personne. Seuls quelques balèzes à Ray-Ban et cheveux en brosse surveillaient les jardins déserts, le talkie-walkie en bandoulière.

Devant la M.J.C., deux autos de police stationnaient. Les flics s'y entassèrent et disparurent toutes sirènes hurlantes. Sur le seuil, Félix les regardait partir. Il semblait las. Lorsqu'il nous vit, il nous gratifia d'un rictus désolé. Je me demandai si le sourire appartenait aux arts traditionnels tant ce type en avait une collection impressionnante. Il nous fit asseoir dans la cafétéria.

— Ça devait arriver un jour ou l'autre, dit-il. Avec ou sans Paul. Vous savez, Tahiti est sous pression permanente. Mais je ne comprends pas ce qui lui a pris. À aucun moment je n'ai pensé qu'il déclencherait ça.

— Ce dingue a tout foutu par terre ! explosa Teddy, ce qui était de circonstance. Comment va-t-on recoller les morceaux à présent ?

Décidément, cette histoire ressemblait à une porcelaine cassée. Et je ne pouvais pas m'empêcher de me sentir comme l'éléphant dans le magasin.

Tout avait un goût amer. Celui des lendemains de fête. Quand la fièvre du samedi soir est retombée et qu'il ne reste dans la maison que des mégots et des bouteilles vides.

L'émeute se poursuivit ici et là. Toute la journée et une partie de la nuit. Avec les heures, elle perdait de son intensité. Nous étions retournés au journal. L'incendie était éteint. Enjambant les débris de toutes sortes nous pénétrâmes dans le hall par ses portes brisées. Les couloirs sentaient la cendre humide. Les dernières fumerolles s'échappaient des fenêtres cassées. Il régnait un silence émaillé de craquements. Ceux du verre piétiné. Ceux du bois mouillé qui se dilatait sous la chaleur du feu.

Peu à peu, le personnel reprenait possession des lieux, avec d'infinies précautions, comme s'il avait peur de réveiller un grand blessé. Dans la salle de rédaction, des journalistes restaient debout, inutiles. L'un d'entre eux, la main devant la bouche, murmurait des « oh ! là ! là ! » attendrissants. Une secrétaire ramassait la photo de son fils sous un amas de papier calciné. Mais parmi les zombies stupéfaits qui faisaient l'état des lieux, pas de Malanda. Personne ne se souvenait de l'avoir vu depuis le début des hostilités.

Il fut retrouvé un peu plus tard. Sur la plage. Allongé sur le ventre, il baignait près du bord. Sous le va-et-vient de l'eau, ses bras remuaient mollement de chaque côté de sa tête comme des algues épaisses. Pauvre Malanda. Mourir noyé quand Papeete brûlait. Aurait-il apprécié l'ironie de la situation ? Nul ne le saurait jamais.

Perdre à quelques heures d'intervalle son siège social et son patron a de quoi ébranler n'importe quel salarié normalement constitué. Ceux des *Dépêches* n'ayant aucune raison de faire exception, la consternation régnait dans leurs rangs. Chez certains, elle se doublait d'un sentiment terrible : l'impuissance à rendre compte de l'événement. Mais que peut faire un journaliste privé de journal ?

Malgré la tiédeur de l'affection que je vouais à mon employeur et à sa maison, je n'étais pas loin de me laisser gagner par l'ambiance fin du monde qui régnait à bord du navire dévasté. Je ne cessais de ruminer un bon zeste de culpabilité. Si Paul avait été tenu à l'écart de mes découvertes, Papeete ne ressemblerait pas à un Pompéi en pagne et mon ex-boss n'aurait pas bêtement confondu le Pacifique et l'Achéron.

Loin de mes états d'âme, la police ne chômait pas. Entre deux combats de rue, elle avait trouvé le temps d'emporter Malanda. Celui qui n'aimait pas les investigations allait livrer son corps à une enquête fouillée. Le pauvre devait déjà s'en raidir de saisissement. Une chose était certaine : il n'y avait pas besoin d'un diplôme de médecin légiste pour constater que, pollué ou pas, le Pacifique n'était pas responsable du décès. Quand on avait retourné le roitelet de la presse, l'angle tracé par son cou avait laissé peu de doute sur le traitement subi par ses vertèbres.

Malanda après Joseph, je commençais à me demander si je ne portais pas la poisse.

La nuit barbouillait Tahiti de noir comme un mur qu'on badigeonne de peinture épaisse. Dans l'obscurité, je restai longtemps immobile. Je n'avais plus aucune envie, sauf de me fondre dans le matelas jusqu'à devenir mousse et coton. Je pris la position du gisant. Mon corps était de sable humide. La mer l'emportait plaque après plaque dans sa salive salée. Dissous, dispersé, je disparaissais. Bientôt, je ne serais plus qu'empreintes de pas, cimetière de coquillages, traces de pirogue poussée vers le large. Marques changeantes, délébiles.

Le sommeil passa son chiffon doux sur le tableau. Dans un geste large, il m'effaça.

À l'autre extrémité de la ville, Charles Azna sifflote. Pour un beau feu d'artifice, c'est un beau feu d'artifice. Un bouquet géant. Il aime ça, lui, la pyrotechnie, les son et lumière. Et celui-là a été réussi. Faut dire qu'il n'avait pas lésiné sur les moyens. Il ne fait pas dans la petite production, Azna. Il lui faut Bercy, le palais des Papes, les arènes d'Orange. Ça au moins, ça a de la gueule. Comme Papeete aujourd'hui. Pour un peu, il en jouerait de la lyre dans son deux-pièces-cuisine en regardant l'incendie.

Il pense avec mépris aux petits boutiquiers qui balaient leurs gravats, aux richards des villas enfermés dans leur blockhaus. Cric crac, maison ! Tremblez, pauvres nuls, relisez vos polices d'assurances. Azna contrôle la situation. Qu'est-ce qu'un peu de verre cassé à côté du grand sommeil ? C'est ça qu'il vous apporte, Azna. Le repos. Aujourd'hui, il a lâché la pression. Dans quelques heures, elle sera évaporée. Dans quelques jours, tout sera comme avant. La police montée aura bouclé quelques Indiens, les plus remuants. Les autres seront retournés cuver dans leurs wigwams. Il faut une purge de temps en temps, une petite saignée. C'est encore ce qu'on a trouvé de mieux pour faire baisser la tension artérielle. Demain, elle aura chuté d'un bon cran. Tout redeviendra tranquille, chacun chez soi. Non, mais ! Ils allaient finir par nous pourrir la vie avec leurs trucs et leurs machins. Leurs irradiés par-ci, leurs innocents par-là. Fini, on n'en parlera plus. Tout ça, ce sera fouteurs de merde et compagnie.

Le contre-feu d'Azna vous aura épargné l'embrasement, le vrai. Celui-là, il risquait de faire du vilain. Et pas seulement dans les rues. Imaginez un peu les titres de la presse. Oh ! Pas ceux d'ici, ça ne risque rien. Non, les vrais, les gros. De quoi en faire tomber des têtes. Quant aux sauvages, ils se seraient offert autre chose que le carnaval.

Encore un peu et chez les connards à piscine ça jouait alerte à Malibu, version gore. Rouge, elle était l'alerte. Il en connaît qui auraient pu faire leurs valises. Sans lui, c'était la chute de Saigon. Et c'est pas en Corrèze qu'ils auraient fait joujou avec leur bombe, les autres niais. Finalement, il a sauvé la France, Azna ! On devrait le décorer ! Le décorer ? Pffft non ! Il mériterait d'être le roi de l'île tiens ! Azna Ier, empereur de Polynésie. Ma foi, peut-être qu'un beau jour...

En attendant, il a encore trois, quatre détails à fignoler. Il aime le travail bien fait, Azna. C'est son côté artisan, compagnon du devoir.

Mercredi 7 août.

Papeete avait la gueule de bois. Ses rues sentaient la fin de réveillon. Quand les invités s'en vont et qu'on se retrouve seul pour ranger la maison. Il était de taille, le rangement qui s'annonçait. Des voitures calcinées balisaient le passage des Petits Poucets ravageurs de la veille. Les employés au nettoyage faisaient des tas de tout : débris délaissés, abandonnés, éclats éparpillés. La rue avait les allures d'une décharge gigantesque, d'un royaume de chiffonniers, d'un paradis de ferrailleurs. Sur les murs, les bombages de peinture avaient coulé comme un maquillage défraîchi. Heureusement, sous le climat tahitien, le contreplaqué poussait bien. Il avait déjà commencé à remplacer les vitrines en ruine.

Les 4 × 4 de gendarmerie patrouillaient au ralenti, en finissant de piler le verre répandu sur la chaussée.

Dans les postes de police, l'heure devait être à la mise en fiches, aux emballez-moi-ça, à la facétie musclée. Le bon temps se paierait cher, à coups d'interrogatoires et de flagrants délits.

Pour le moment, je me hâtais vers le rendez-vous de Félix auquel un petit mot glissé sous ma porte m'avais convié. J'avais décidé de ne pas contrarier la recommandation post-scriptée : « Laissez votre véhicule au garage. » En déambulant vers les trucks, j'évitai de justesse un scooter zigzaguant. C'est en me retournant que je vis le type.

Où l'avais-je rencontré ? Je ne pouvais plus me défaire de cette idée devenue fixe. Elle avait envahi mon cerveau. D'abord imprimée dans un coin minuscule, elle avait déteint comme un décalque trop humide. Elle recouvrait tout de ses couleurs diluées. Elle submergeait jusqu'à la plus petite pensée dans une inondation cérébrale.

Où avais-je déjà vu ce type ? Peu à peu, la réponse émergea du fin fond d'un long tunnel noir. La silhouette de l'homme se précisait, comme l'image d'un projecteur que l'on met au point. Petit, nerveux, le geste sec. Le geste. « Le geste est précis et j'ai du ressort. » Oui, c'est ça, la ressemblance avec Charles Aznavour était évidente. Je me sentis délivré. Charles Aznavour. Il y était finalement arrivé, au bout de la terre. La misère était-elle moins pénible au soleil ? Chacun avait donc vraiment son sosie de par le vaste monde. Machinalement je fredonnai : « Dans les bars à la tombée du jour, avec les marins... »

Les bars... Le Marin'... Iréna. Bon sang ! Ce type était le flic de Joseph...

Je le cherchai du regard dans la foule désœuvrée qui remontait les trottoirs. Il avait disparu.

Dans une ville comme Papeete, les rencontres sont fréquentes. À force de tourner, on finit un jour dans la même ronde. Mais je ne croyais pas beaucoup au hasard. J'arrivai à la station de cars sans l'avoir vu réapparaître.

Un voyage en truck à Tahiti est une aventure qui tient de l'exode, du bus aux heures de pointe et de la Jeep de brousse un jour de marché. Dans la guimbarde surchargée, je me trouvai coincé entre des mamas transpirantes qui s'apostrophaient en s'épongeant. Devant moi, un homme grassouillet ajoutait un peu de cholestérol à sa formule sanguine en bâfrant avec un plaisir évident une glace à l'italienne, rose et jaune. Sur la banquette dont le renfort me labourait la cuisse, une jeune femme en paréu allaitait un nouveau-né, bercé par les cahots. Nulle part, je ne trouvai trace de la copie aznavourienne. Entre les chapeaux de paille qui menaçaient de m'éborgner, la fenêtre laissait défiler le paysage. Il avait l'air d'un documentaire Connaissance du Monde programmé dans un cinoche de campagne. À droite : le tombeau des Pomaré, la prestigieuse dynastie qui régnait sur l'ancienne Polynésie. À gauche le chemin qui enchanta tant Pierre Loti : « les charmes de l'Océanie forment des voiles dangereux sur la famille et la patrie ».

Un coup de frein plus brutal que les autres m'extirpa de la somnolence qui me gagnait. Nous étions parvenus à Mahaena.

Après avoir longé la plage noire où déferlaient les vagues, je ne tardai pas à trouver le faré de Moana. À l'ombre des banyans courbés par le vent du large, il semblait scruter l'horizon par-delà la barrière de la houle. Les rouleaux de mer raclaient la grève dans un grondement régulier. Ici, l'éternité se mouillait d'embruns et d'écume. Le *Bounty* avait dû jeter son ancre au fond d'un lagon en tout point semblable à celui-ci. Mais c'est avec d'autres mutins que j'avais rendez-vous.

Sur le perron de la maison, dans les odeurs de bois et de bougainvillées, Moana m'attendait. Assis sur les marches, Félix fumait, le regard tourné vers la mer. Ils m'invitèrent à entrer. L'intérieur du faré dégageait une impression de calme et d'équilibre. Sur les murs, quelques colliers de coquillages, un tapa orné de silhouettes longilignes et une affiche de Jad contre les essais nucléaires tenaient lieu de décoration. Une étagère de bambou s'incurvait dangereusement sous le poids des livres et de petits tikis sulptés dans des cocos. Une jarre de Ronel en terre vernissée captait la lumière comme une source d'eau claire.

— Papeete est en état de siège, commença Félix, c'est pourquoi je vous ai demandé de ne pas prendre votre voiture. Il n'est pas nécessaire que la police la repère ici.

— La repérer ? Pourquoi mes déplacements seraient-ils surveillés ?

— Quelque chose n'est pas normal dans ce qui s'est passé hier, dit Moana. Les émeutes se déclenchent sur un événement qui déchaîne les passions. Celle-ci aurait pu partir après la mort de Terii ou après la mutinerie. Elle a démarré des semaines plus tard. On a utilisé vos découvertes pour chauffer les esprits. Paul s'en est chargé. Mais en agissant si vite, il a compromis les chances d'aboutir à la vérité. La police va faire des recoupements. Vous n'en serez pas absent. Il faut redoubler de prudence.

Je commençais à trouver pesants ces conseils successifs. Le grain de sable qui était venu gripper notre mécanique était aussi fin qu'une noix de coco. Si je ne l'avais pas vu venir, mes donneurs de leçons n'étaient pas davantage des champions de vigilance. À ce niveau de cécité, nous étions tous bons pour le livre des records.

— Je déteste être manipulé. De ce côté-là, j'ai été servi. Mais vous n'avez pas été oubliés à la distribution. De deux choses l'une : votre copain est un vrai crétin ou il l'a fait exprès.

— C'est pour ça que je voulais vous voir, reprit Moana. Paul ne pouvait pas ignorer qu'en agissant ainsi, il neutralisait vos recherches. Et...

Je n'écoutais plus Moana. Félix venait d'allumer une cigarette, et la pochette d'allumettes qu'il avait posée sur la table exhibait son logo comme une enseigne au néon. Une lumière bleue criarde passa devant mes yeux. Elle épelait en clignotant, un nom familier : Marin' Bar.

— Vous ne fréquentez pas que les hauts lieux de la culture à ce que je vois, coupai-je.

Moana se tut, surprise. Félix semblait ne pas comprendre. Je désignai les allumettes.

— Ça ? dit-il. Je ne sais pas d'où ça vient, je n'ai jamais mis les pieds dans cet endroit. C'est à Paul, je...

Paul. Paul dont se méfiait Teddy. Paul et les coups fumants dont il s'était toujours sorti.

« Derrière tout ça, savez-vous quoi qu'y gnia ? » Comme dans une comptine, une petite boîte reliait Paul au Marin', le Marin' à Joseph, Joseph à Azna... Paul à Azna. Ça sentait le soufre. Une odeur normale pour des allumettes.

Félix s'était interrompu. Son regard allait de Moana à sa cigarette. J'enfonçai le clou, quitte à leur faire mal en tapant plus fort.

— Le Marin' Bar est un vrai champ d'informations pour la police. Quand elle ne les cueille pas à pleine brassée, elle les sème, comme le petit complot qui a servi à faire tomber Manu. Joseph Fafaara, un des pourvoyeurs du lieu en chair à matelot, s'est fait abattre quelques jours après m'avoir révélé la combine.

Toute vie semblait les avoir quittés. La vérité qu'ils entrevoyaient les avait changés en statues de pierre. Comme dans la Grèce antique, l'Océan avait engendré ses Gorgones. La Méduse maorie devait avoir une sale tronche. Moana et Félix en étaient pétrifiés. Le rideau de fleurs n'allait pas tarder à se lever pour le dernier acte. J'espérais au moins que la tragédie ne se transformerait pas en Grand Guignol. Je les secouai.

— Ne me regardez pas comme ça ! Vous avez peur de l'admettre, mais le doute était déjà bien installé. C'est pour ça que vous m'avez demandé de venir, n'est-ce pas ? Paul et police sont dans le même bateau. Paul tombe dans un drôle de bain. Qui est-ce qui reste ?

Moana sortit de sa torpeur minérale :

— Il faut les prévenir...

Les évadés ! Les laisser sous la protection de

Paul revenait à les abandonner au fond d'un puits de tir un jour d'essai atomique.

Jeudi 8 août.

La cabane était plongée dans un silence que seule troublait la respiration profonde des trois hommes. Dehors, l'obscurité se délayait d'un peu de blanc laiteux du jour qui s'annonçait. La rosée rafraîchissait l'aube. Dans le lointain, un bourdonnement d'insecte montait de l'océan. Peu à peu, il s'amplifia jusqu'à couvrir le cri des oiseaux qui s'éveillaient. Pendant quelques secondes, l'îlot résonna d'un ronflement mêlant ceux des hommes endormis à celui qui grossissait sur la mer. Lorsque les Zodiac frôlèrent le rivage, les moteurs remontés cessèrent leur vrombissement. Les embarcations se laissèrent porter en silence par leur élan, creusant derrière elles de longues rides liquides. Elles raclèrent le fond et leur progression s'ensabla sur la plage humide. Les commandos sautèrent à terre. Ils échangèrent quelques mots à voix basse et se déployèrent vers les arbres. Ils ne les avaient pas encore atteints que les pétrels, un instant dérangés, reprenaient possession de leur domaine en regardant les dinghies.

Dans la cabane, Manu s'était réveillé, mal à

l'aise. Il se sentait envahi par une désagréable sensation de contrariété. Le sommeil interrompu l'avait jeté hors des rêves pour le laisser seul face à la réalité. Il écouta un instant les bruits de la nuit qui s'en allait. Dans la pièce voisine, Jean et Prosper, les deux hommes que Paul avait laissés, dormaient profondément. Près de lui, les respirations calmes de Pierre et de Charlie se répondaient comme des orgues à vent. Sur leur rythme régulier se superposaient les craquements du bois, le bruissement des feuilles et le roucoulement d'une tourterelle. Pour chasser le goût de cendres qu'il trouvait au petit matin, Manu but un verre d'eau fraîche et sortit. Il frissonna. Le hupe, le vent froid qui descend des montagnes, avait dû passer sur l'île. Manu bâilla en s'étirant. Les merles, si familiers, qui sautillaient d'habitude tout près du faré n'étaient pas là. Ils devaient encore somnoler, blottis en boule dans leurs plumes ébouriffées. La tourterelle s'était tue. Manu s'en étonna. On semblait avoir jeté un épais tapis sous les pas du jour naissant. Manu fit quelques enjambées et s'arrêta net. Ce qu'il venait d'entendre n'avait rien d'animal. Il recula, les sens aux aguets. Il avait nettement perçu le crachotement d'un émetteur.

Un peu plus loin, les commandos s'étaient figés à l'abri des cocotiers. Sur un geste sec de son supérieur, le gendarme imprudent avait coupé son talkie-walkie. Les militaires attendaient, immobiles, que retombe le silence. Léger comme un duvet sur les courants descendants, il se posa de nouveau sur le sol. Avec d'infinies précautions, ils reprirent alors leur mouvement. Leurs silhouettes moulées de noir se confondaient avec les lambeaux de nuit qui traînaient encore entre les arbres. Le dos courbé, les muscles tendus, une colonne de rats grignotait le terrain en petits bonds souples.

Dans la cabane, Manu avait réveillé ses compagnons. Le sommeil s'accrochait à eux en haillons pesants. Engoncés dans la torpeur, ils ne parvenaient pas à éclaircir leur esprit. Les questions se télescopaient. Enfermés, ils étaient de nouveau enfermés. Le faré était une cellule encerclée d'hommes armés, entourée d'eau. Foutus, ils étaient foutus. Ils allaient étouffer, coincés au centre du piège. On clouait sur eux tous les couvercles. Trappe, prison, cercueil... Déjà, il leur semblait que l'air se raréfiait. Ils étouffaient, il fallait respirer. La porte ! Charlie bondit vers la porte et l'ouvrit rageusement. Ébloui, il se figea sur le seuil. Devant lui, le soleil s'était multiplié en boules incandescentes qui l'éblouissaient d'une lumière insoutenable. Pendant quelques secondes, la silhouette de Charlie sembla irradier dans l'embrasure. Des filaments lumineux se suspendaient à ses membres en franges magnifiques. Ils décomposaient ses gestes sous leur brillance électrique. Des planètes ardentes dansaient devant ses yeux. La cabane s'allumait sous la fournaise des projecteurs.

— Sortez calmement les mains sur la tête, il ne vous sera fait aucun mal !

Le mégaphone tordait la voix en inflexions inhumaines, comme celles des Tupapau qui hantent les lieux reculés et les maraés déserts.

Le son et lumière commençait.

Manu et ses amis étaient des oiseaux paniqués qui se blessaient aux barreaux de leur cage. Prosper et Jean s'interrogeaient du regard, incrédules. Qu'avait-il pu se passer ? Dans cette petite jungle oubliée, leur cachette devait être imprenable. Paul leur avait affirmé. Ils n'avaient qu'à attendre patiemment que la lumière soit faite sur l'assassinat de Leclerc. Paul s'en chargeait, Paul s'occupait de tout...

— Vous avez deux minutes pour sortir dans le calme ou nous donnons l'assaut !

Une détonation claqua comme un coup de fouet. Les prisonniers du faré se regardaient, ahuris. Qui avait tiré ? La réponse leur arriva instantanément sous la forme de grenades fumigènes qui fracassèrent la fenêtre. Un brouillard blanchâtre se répandit dans la pièce. L'air devint aussitôt irrespirable. Le second coup de feu éclata derrière eux, éteignant un des projecteurs dans une gerbe d'étincelles. Les yeux à vif, les poumons écorchés par les gaz, Charlie asphyxiait. Il n'était plus que peur et douleur. Dans une quinte de toux déchirante, il se rua à l'extérieur. Il fut stoppé par un tonnerre crépitant. Cueilli en plein mouvement, il s'agita en convulsions épileptiques avant d'être projeté en arrière sous la poussée des balles. Il heurta violemment le chambranle et s'effondra sur le sol.

Dans la pièce, les quatre hommes, aveuglés par la fumée chimique, s'arrachaient la poitrine à force de cracher. Privés d'air et d'espoir, ils suffoquaient en hurlant leur colère. Prosper et Jean saisirent leur fusil et tirèrent au jugé par les carreaux cassés. Une grêle de feu leur répondit en zébrant les murs de bois. Jean s'affaissa d'un bloc, touché en plein front. Prosper, les paupières gonflées, continuait de tirer au hasard, le doigt crispé sur la détente. Autour d'eux, les objets explosaient dans un désordre terrifiant, les blessant de mille éclats. Assis par terre, le dos à la paroi, Pierre ne bougeait plus. Les fleurs de sang, plantées dans son cou et son sein gauche, ouvraient leurs pétales liquides. Prosper, à court de munitions, se redressa, chancelant. Il s'encadra quelques secondes dans la fenêtre arrachée. Même dans la brume des grenades, il faisait une jolie cible. Son crâne éclata comme une pipe en terre dans un stand forain. Manu, à quatre pattes, était parvenu à s'abriter derrière un sommier renversé. Enroulé dans un matelas, il respirait par saccades l'air frais qui entrait par les saignées des projectiles. Son cœur cognait à grands coups désordonnés. Son corps était agité de tremblements qu'il ne pouvait dominer. De longs vomissements le secouaient de convulsions douloureuses. Dehors, les rafales continuaient de hacher la façade. Peu à peu, elles ralentirent leur cadence et cédèrent la place à des tirs espacés. Manu entendit l'ordre de cesser le feu. Vivant ! Il était vivant ! Une bouffée de chaleur le submergea, entremêlant bizarrement la rage et la joie. La cabane dégageait une odeur acide de poudre, de sang et de déjections. Dans la dispersion des gaz, le jour s'éclaircissait. Du fond de son réduit Manu vit apparaître les rangers des commandos qui entraient. Leur voix résonnaient d'échos assourdis.

— Ils sont tous morts.

Il lui sembla qu'ils retournaient les corps de ses camarades. Le bruit mou l'écœura. Il claqua des dents sous les frissons d'un nouvel accès de fièvre.

— Attention ! Il y en a encore un, là...

On le comprimait sous le sommier. Il ne pouvait plus faire un geste. Il voulut crier qu'il se rendait. Il ne sut jamais s'il en avait eu le temps. Une balle tirée à bout portant lui ouvrit la tête. De grands oiseaux noirs s'échappèrent de son front, enfin libres.

Autour de la cabane, les hommes des unités spéciales se détendaient, cagoule relevée, masque à gaz dégrafé. Une radio de campagne transmettait un bref rapport en postillonnant. Roméo à Alpha. Over.

À quelques pas, mitraillette en bandoulière, des gendarmes héliportés inspectaient les alentours. En arrière de la maison, l'un d'eux s'immobilisa. Il fit rapidement passer son arme de l'épaule à la hanche et appela ses compagnons sans cesser de fixer un buisson. Recroquevillé sur le côté en position fœtale, un homme gisait, le pistolet à la main. Des fleurs dessinaient une couronne mortuaire autour de son corps maculé de terre et de sang.

— Ils étaient six ! cria le gendarme.

Un R. G. s'approcha. Petit, maigre, presque fragile, il se pencha pour examiner le cadavre, lui ôta son arme en l'entourant d'un sachet de plastique et se dirigea vers l'émetteur.

— Vous pouvez annoncer qu'un sixième homme a trouvé la mort. Il s'agit de Paul Maariti, une vieille connaissance, vraisemblablement le chef.

Il alluma une Camel parfumée et souffla sur l'allumette un long jet de fumée.

— C'est terminé cette fois ? lui demanda le radio.

Charles Azna contempla la combustion de sa cigarette :

— Terminé !

Ouvrant le Pacifique d'un sillon d'écume, le *Moonfleet* cinglait vers l'atoll. Une bonne brise gonflait ses voiles, mais nous aurions voulu voler sur les vents d'un ouragan tant l'anneau de l'île semblait lointain. Là-bas, ses montagnes plongeaient leur silhouette verte dans la transparence de l'océan. Peu à peu, leurs contours se précisaient.

Teddy n'avait pas fait de difficultés pour prendre la mer. Non sans avoir rappelé ses avertissements quant à Paul. Pour l'heure, le gros cap'tain tenait la barre avec la précision du pro qu'il était.

Pour tromper mon anxiété, je préparais du thé dans la cabine. J'avais déjà renversé une tasse dans l'évier en me brûlant les doigts quand j'entendis le chant aigu d'une sirène. Pas besoin de s'attacher au mât pour lui résister, elle n'était pas du genre à séduire les marins. Je n'aimais pas du tout sa chanson. En hurlant, dans une gerbe d'embruns, une vedette de la police arrivait droit sur nous.

— Virez de bord ! La navigation vers l'île est provisoirement interdite !

L'embarcation nous avait rejoints. Le *Moonfleet*, voiles relâchées faisait du surplace. Par le hublots, j'apercevais trois hommes debout sur le pont, le Manhurin à la hanche. Ils s'élevaient et descendaient au gré du léger roulis qui agitait le bateau. Nous nous faisions face, bêtement.

Notre équipée marine s'arrêtait à quelques encablures du rivage. Une seconde vedette nous aborda. Deux militaires, armés eux aussi, demandaient à nous visiter. À l'heure du thé, le *Moonfleet* était très fréquenté.

Papiers vérifiés, coordonnées enregistrées, la maréchaussée marine ressemblait à sa frangine des terres. Il semblait difficile de savoir pourquoi ce petit monde était sur le pied de guerre. Mais nous n'avions pas besoin de la sorcière des mers pour le deviner. Pendant que nous parlementions, je regardais, impuissant, l'île maintenant proche qui nous était interdite. Deux vilaines mouches à hélices s'élevaient devant les montagnes. Dans un vacarme assourdissant, elles nous survolèrent. Les hélicoptères rentraient à leur base.

À bord, les képis à pompon s'énervaient devant notre insistance. Je tentai le coup de la carte de presse. C'était sans doute le geste à ne pas faire. Confisquée ! Je pourrais toujours passer la chercher au bureau du port après vérification. En attendant, nous allions être escortés jusqu'à Papeete.

Il n'y avait plus rien à espérer. Nous fîmes voile à rebours sous bonne escorte. Le *Moonfleet* avait l'allure d'un vaisseau pirate arraisonné par les galères du roi. En chemin, trois petits croiseurs nous dépassèrent en filant à la surface des flots. Nous eûmes le temps de voir les Zodiac qui pendaient à leurs flancs avant qu'ils ne disparaissent à l'horizon.

Le retour fut aussi cafardeux qu'une aube grise sur un champ de ruines. Le reste me faucha à l'heure du bulletin d'infos.

Les évadés de Nuutania avaient été localisés, retranchés sur l'île de Huahiné avec trois membres armés du Front de libération polynésien. Les forces de l'ordre avaient tenté d'obtenir leur reddition mais les forcenés avaient immédiatement ouvert le feu, contraignant les unités spéciales à donner l'assaut. Celui-ci s'était soldé par la mort des six hommes barricadés dans leur abri. Au cours de l'intervention, deux commandos avaient été blessés. Évacués par hélicoptère, ils étaient actuellement soignés à l'hôpital de Mamao où leur état n'inspirait plus d'inquiétude...

Le flash spécial me sonna comme un coup de matraque. Je restai prostré, assis, à regarder le ciel par la baie vitrée du balcon. Lorsque je sortis de mon hébétude, l'obscurité s'était infiltrée dans l'appartement comme la crue silencieuse d'une rivière souterraine. Je n'avais plus rien à dire à qui que ce soit. Plus envie de penser. Je me levai tel un somnambule, posai un disque de Chet Baker sur le lecteur. La pièce se remplit de son souffle cuivré, mêlé aux silences de son voyage intérieur. Le sax de Peper Adams accompagnait sa balade funambule sans chercher à en atténuer la mélancolie. Alone together.

Je m'allongeai sur le canapé, seule la petite lampe rouge de la platine luisait sur Tahiti. Je la laissai allumée bien après la fin du CD. Early Morning Mood. Chet avait-il trouvé la note bleue ? Il s'était dissous comme un point dans l'infini. Je ne pouvais que m'enfoncer lourdement dans ma nuit.

Vendredi 9 août.

Mon réveil se prenait pour une grande horloge. Il se gonflait de gros tic-tac prétentieux qui s'amplifiaient avec une régularité helvétique. Encore endormi, je le cherchai à tâtons. Il fallait que j'attrape sa grande aiguille pour mettre fin à ce tintamarre. Je l'agrippai au moment où le cadran s'élevait dans les airs. J'étais arraché au sofa, emporté au fil d'un ballon qui s'envole. Devenu balancier humain, j'oscillais entre Harold Lloyd et Little Nemo. Le tic-tac résonnait comme les pulsations d'un cœur gigantesque. Il battait à coups sourds, occupant l'espace de sa masse gluante. Boum-boum... boum-boum. Diastole, systole... Boum-boum... boum-boum. Diastole... extrasystole... Boum-boumboum-boumboum !!!

Je lâchai l'aiguille et tombai dans un gouffre vertigineux. Je me réveillai sur le sol, hagard. À la porte, on frappait de plus en plus fort. J'allai ouvrir en titubant, baigné de sueur.

Teddy s'impatientait.

— Enfin ! Les émotions ne t'empêchent pas de dormir !

Il se radoucit en voyant le tube de valium sur la table.

— Je suis venu te dire au revoir.

Je rassemblai mes esprits.

— Au revoir ? Pourquoi ? Tu...

— On m'expulse ! Que veux-tu, je suis citoyen australien. Paraît que je n'avais pas à me mêler des émeutes. La police pouvait m'inculper, mais pour éviter les problèmes diplomatiques, elle me renvoie chez moi. Voilà, c'est en tout cas ce qu'elle m'a dit. Je dispose de 48 heures pour quitter Tahiti et les eaux territoriales françaises.

— Les émeutes ?

Mes esprits rappliquaient en désordre, comme les pièces mélangées d'un puzzle, et je ne parvenais toujours pas à les ranger.

— Oui, les émeutes. Secoue-toi, bon sang ! Pendant que je te cherchais, on ne s'est pas privé de me prendre en photo. Il est difficile de me rater. Les R.G. ont fait de beaux clichés de Papeete en folie et je figure sur plusieurs d'entre eux. Ça, plus notre promenade en mer... Je suis devenu indésirable.

— Tu veux du thé ? fut la seule chose que je trouvai à dire. J'avais envie de pleurer et je ne pouvais offrir à mon copain que mes larmes ou de l'eau sur des feuilles. Je choisis la seconde solution, plus conforme aux traditions idiotes de l'amitié virile.

Pendant que je m'agitais maladroitement dans la cuisine, Teddy s'assit de tout son poids sur le canapé.

— Félix est interrogé ! me cria-t-il. Je ne pense pas qu'ils puissent retenir quelque chose contre lui. Par contre, ils l'obligeront à se tenir tranquille. Et toi, que comptes-tu faire ?

Je n'en savais rien. Avec la vapeur du thé montait une odeur de fin de tout.

Le dossier photocopié chez Malanda pouvait encore allumer un petit pétard. Le dossier... Une inquiétude vague me fit poser les tasses et filer dans le living. Près de la fenêtre, un Pourquié représentait Gauguin assis, jouant de l'accordéon diatonique. Je le soulevai. Derrière, le mur était nu, aussi lisse qu'un coquillage poli par l'océan.

Beau travail. Pas une trace d'effraction, mais toute preuve avait disparu, ne laissant que l'histoire impubliable d'un journaliste que nul ne croirait. Et quelques beaux motifs d'inculpation. Coups et blessures sur la personne d'un patron de bar, destruction de mobilier, menaces sur une prostituée, vol dans une agence d'intérim, participation à des désordres sur la voie publique, recel d'assassins en fuite... Sans la protection du dossier de Manu, les gros ennuis s'accumulaient comme les radiations après l'explosion d'une bombe à hydrogène. Je n'avais qu'à bouger une oreille et j'étais vitrifié.

Il nous restait quelques heures avant la séparation, autant ne pas les gaspiller.

Accolade de mecs. Un peu balourde de bourrades bourrues. Nous nous promîmes de nous revoir, sachant très bien qu'il n'en serait rien et je restai seul, écoutant le pas du gros qui s'éloignait dans l'escalier.

Je n'avais plus qu'à partir, moi aussi. Je jetai un regard circulaire à la pièce. Qu'allais-je emporter ? Mes disques ? Quelques livres ? J'avais besoin d'eux comme un enfant s'accroche à son ours en peluche les jours de gros chagrin.

Samedi 10 août.

— Les passagers à destination de Paris *via* Los Angeles sont priés de se rendre à la porte d'embarquement.

La voix suave laissa la place à trois petites notes de musique. Je m'intégrai dans la file des hommes d'affaires en chemise et des femmes bronzées qui retournaient, déstressés, vers le cœur des villes. Sur le tapis roulant, les valises et les sacs de voyage avançaient, secouant leur cargaison de photographies idiotes et de souvenirs frelatés.

La passerelle franchie, je m'installai dans le fauteuil qui m'attendait les bras tendus. Lorsque tous les passagers furent assis, une hôtesse au sourire figé comme une sauce refroidie entama la danse du gilet de sauvetage, l'Airbus vira lentement sur la piste. Par le hublot, les bandes blanches peintes sur le sol défilèrent à une cadence accélérée. Lorsqu'elles tracèrent une ligne continue, l'avion décolla. Les hangars de l'aérodrome et les buildings de Papeete rétrécirent rapidement. Quelques secondes plus tard, nous survolions le Pacifique. Sa surface bleu-vert se teintait de taches sombres marquant les barrières de corail. Alors que nous prenions de l'altitude, un éclair de couleur vive refléta un minuscule point rouge en suspension. Il m'accompagna quelques instants avant de disparaître. Comme en ce jour de juillet avait disparu Nestor, l'enfant liane au cerveau mangé.

ÉPILOGUE

La rue a retrouvé depuis longtemps un visage apaisé. Des pansements de plâtre ont recouvert les blessures de l'émeute. On parle de fermer Moruroa. À l'heure des frappes chirurgicales, la bombe se fera miniature. Simulation réussie, effet garanti !

À Papeete c'est jour de marché. Ching a sorti les tables en terrasse. Sur les étalages, les poissons reposent dans leur cercueil blanc mouillé de glace pilée. Les fruits juteux s'écorchent un peu à l'écorce filandreuse des noix de coco. Maigre et nerveux, dans un costume de lin blanc, Charles Azna flâne, le nez au vent. Enfin, le vent, c'est une façon de parler. L'air est chaud et sec. Charles Azna se rafraîchit en agitant nonchalamment son panama. Il règne sur son domaine comme Pépé le Moko sur la Casbah. Il se sent merveilleusement bien. Les femmes sont belles. Sur leur peau cuivrée, perle une sueur légère, salée.

Tout est net, rangé, en ordre. Il aime ça l'ordre, Azna. C'est pourquoi, de temps en temps, il s'offre un grand nettoyage d'été. Pousser les meubles, secouer les tapis, balayer les poussières, ça le connaît. C'est nécessaire. Aujourd'hui, Tahiti sent le propre, comme une maison aérée.

Devant lui, marche une femme à la chevelure de nuit étoilée de monoï. Machinalement, il la suit à travers la foule de plus en plus dense qui déambule. Un océan humain s'écoule et l'entoure comme la marée encercle un rocher. Il est pris par le courant. Bientôt, il se sent compressé, oppressé. Son beau panama immaculé tombe, piétiné. La chevelure a ouvert une mer rouge qui se referme sur lui. En un instant, toute joie a disparu. Écrasé par les corps qui l'étouffent, il sent monter la panique. C'est un nageur qui se noie. La femme s'est éloignée. Il ne peut plus la rejoindre. Elle se retourne et lui sourit, méchamment. En un geste sec, elle a posé son pouce sur son cou, au-dessus de la pomme d'Adam. Elle y trace, rapide et précise, une invisible blessure. Instinctivement Charles Azna porte les mains à sa gorge. Cette fille est une sorcière, il en a déjà vu dans ces putains d'îles. On le bouscule, il perd l'équilibre. Une main le soutient, trop fermement. Il voudrait crier mais il ne le peut déjà plus. Sa bouche ne laisse sortir qu'un gargouillis dégoûtant, mouillé de sang. Un brouillard monte devant ses yeux, rouge comme la lame poisseuse du rasoir jeté sur le trottoir. Charles Azna n'est plus qu'un gros poisson privé d'oxygène qui se débat sur le rivage. À genoux,

170

secoué de soubresauts, il cherche l'air. En vain. Ses poumons vidés jusqu'au tréfonds implosent. Charles Azna est mort. Indifférente, Moana s'est éloignée. Ses cheveux brillent sous le soleil, comme un rideau noir sur Tahiti.

Brume du soir
pensant à autrefois
comme c'est loin.

KITO
(1740-1789)

SIGNIFICATION
DES EXPRESSIONS TAHITIENNES

Fare : maison tahitienne
Haere-po : gardien de la mémoire
Hymene : chœur polyphonique
Ia orana : bonjour
Maeva : bienvenue
Marae : temple
Moruroa ou *Mururoa* (orthographe francisée) : secret
Pahi : embarcation
Pareu : vêtement traditionnel
Poopa : Français, Occidental
Tane : homme
Tapa : tissu fabriqué à partir de fibres végétales
Tiki : statuette
Tiuraï : fêtes du 14 Juillet
Tupapau, Atua, Matatini : divinités

En tahitien, le *u* se dit « ou ». Les *e* se prononcent « é ».

Pour faciliter la lecture, l'orthographe de certains mots a été francisée dans le texte par l'ajout d'accents.

DU MÊME AUTEUR

Aux Éditions Gallimard

Dans la collection Série Noire

BELLEVILLE-BARCELONE, n° 2695, 2003.

LES BROUILLARDS DE LA BUTTE, n° 2606 (Grand Prix de Littérature Policière 2002), 2001.

TERMINUS NUIT, n° 2560, 1999.

TIURAÏ, 1996 (Folio Policier n° 379).

Chez d'autres éditeurs

LE VOYAGE DE PHIL, collection Souris Noire, Syros, 2005.

Avec Jeff Pourquié

VAGUE À LAME, Casterman, 2003.

CIAO PÉKIN, Casterman, 2001.

DES MÉDUSES PLEIN LA TÊTE, Casterman, 2000.

Composition IGS-CP à L'Isle-d'Espagnac (16)
Impression Novoprint à Barcelone,
le 3 juin 2005
Dépôt légal : juin 2005

ISBN 2-07-030758-1/Imprimé en France.

134858